오늘 말하러 갈 거야 사랑한다고

오늘 말하러 갈 거야 사랑한다고

ⓒ 민현선, 2021

2021년 2월 1일 **1판 1쇄 인쇄** | 2021년 2월 28일 **1판 1쇄 발행**
글 민현선 | **일러스트** 서든리 | **디자인** 차여진
펴낸이 차여진 | **펴낸곳** 숨 | **등록번호** 제406-2015-000048호
문의 050-5505-0555 | **팩스** 050-5333-0555 | **홈페이지** www.soombook.com

ISBN 979-11-88511-07-5 03810

오늘 말하러 갈 거야 사랑한다고

민현선

들어가며

어릴 적 받은 사랑은 힘들 때마다 몰래 꺼내 먹는 달콤한 사탕과 같습니다. 분명 조용히 몰래 꺼내 먹었는데, 달콤한 향은 주변으로 퍼져서 모두를 웃게 만들지요.

나는 사랑받은 기억이 별로 없는데, 게다가 매일 매일이 너무 힘든데, 그럼 남아나는 사탕이 없지 않느냐고요? 참 신기한 것이 그 사탕은 계속 꺼내 먹어도 사라지지 않았습니다. 왜 그럴까 곰곰이 생각해보니, 어릴 적 받은 사랑은 크기나 개수로 기억되지 않기 때문이었어요. 단 하나의 기억이어도 그것이 사랑이었다면, 그 하나로 우리는 평생을 버티며 살아갈 수 있으니까요.

생각해보니 저는 꽤 많은 사탕을 가지고 있더라고요. 울보 아기를 업고 새벽을 지새우다 출근하던 아빠, 점심시간마다 집에 들러 자식들 끼니 챙겨주고 자신은 굶은 맞벌이하던 엄마, 명절 때면 많은 조카들 중에 나한테만 대추를 던지던 장난꾸러기

삼촌, 하나에 천 원이나 하던 바나나를 망설임 없이 사주던 고모. 그리고 고기 안 먹으면 쓰러지는 줄 알고 다 큰 손녀 졸졸 쫓아다니며 고기를 먹여주던 할머니까지. 지금도 힘들 때면 이 장면들이 사진처럼 떠오릅니다. 소소하고 작은 추억이라고 생각했는데, 모두가 사랑이었어요.

그중에서도 조건 없는 사랑의 대표주자는 조부모의 사랑이 아닐까 싶습니다. 조부모가 놓친 자식에 대한 사랑을 손주들을 통해 채우시니, 사랑이 넘칠 수밖에요.

이 책에는 가지각색의 캐릭터를 가진 할머니들을 주인공으로 한 짧은 소설 13편이 담겨 있습니다. 흔히 떠올리는 소박하고 너그러운 백발 할머니를 상상하신다면 곧 곤란해지실 거예요. 욕쟁이 할머니, 위풍당당 할머니, 패션리더 할머니부터 개인주의 할머니까지, 지금껏 여러분이 한 번도 보지 못했던 신개념 캐릭터일지도 몰라요.

할머니들의 캐릭터가 이처럼 다양하듯이, 사랑도 모양과 색깔이 가지가지입니다. 꼭 할머니나 가족이 아닐 수도 있어요. 선생님, 친구, 직장 동료, 혹은 스처 지나간 어떤 사람이 내가 가진 사랑일지도 모릅니다.

그 모습이 모나고 거칠다고 해서 그 사랑을 의심하지 마세요. 힘들 때 나도 모르게 그 사랑을 꺼내 먹고 있다면, 누가 뭐래도 그건 분명 사랑입니다. 그런 사랑을 간직한 당신은 꽤 괜찮은 사람임을 잊지 마세요.

차례

돌다리에 파꽃이 피면

우리 마을 이름이 '돌다리'라고 하면 열에 다섯은 "마을로 들어가는 다리가 돌로 되어 있나 보지?" 하고, 열에 셋은 "돌이 많은 마을인가 보네." 하고, 열에 둘은 "그럼 두드려보고 건너야 돼?" 한다. 보통은 여기에서 그치지만 운이 나쁜 날은 좀 피곤해진다. 두 눈 동그랗게 뜨고서 내 대답을 끝까지 기다리는 종족들이 꼭 있다.

새학기가 시작되는 날이면 그런 종족들이 떼로 모여든다. 6학년 하고도 2학기나 되었으니 망정이지 저학년 때까지는 '돌다리'에 대해 하루에도 수십 번씩 설명해야 했다.

졸업을 앞두고 전학 온 이상한 남자애 하나만 빼면 내가 돌다리에 사는 것을 모르는 친구들은 없었다.

"말이 별로 없는 친구니까, 어디 보자. 그래, 저기 저 친구 옆에 앉아라."

선생님은 2학기가 되어서도 내 이름이 헷갈리나 보았다. 가까이서 보니 이상한 남자애는 목에 나비

넥타이를 매고 있었다. 남자애는 나에게 아무것도 묻지 않았다. 그 점은 좀 마음에 들었다.

돌다리만 빼고 죄다 신도시로 변신한 데다 우리 마을은 그 옆에 벼룩처럼 붙어 있었다. 돋보기로 보지 않으면 안 보일 정도로 낮고 작은 동네여서, 동네 토박이가 아닌 한 이런 곳이 있는 줄 상상도 못 할 것이었다.

사실 문제는 친구들이 아니었다. 차라리 친구들은 한 번 정도만 묻고는 제 볼일들을 보지만 어른들은 절대 한 번으로 그치는 법이 없었다.

"처음부터 돌다리였니? 정식 명칭은 뭐니? 돌다리로 변했으니 돌석 자가 들어가려나?"

이쯤 되면 나도 '편한세상'이나 '캐슬', 또는 '파크뷰' 같은 곳에 살면 좋겠단 생각을 안 할 수가 없었다.

편하고 좋은 세상에서 성처럼 예쁜 집을 짓고 공원 같은 놀이터에 앉아 아름다운 경치를 바라보는 것, 나도 이제 예비 중딩이라 이 정도 영어는 해석할 수 있다.

"우리도 아파트로 이사 가면 안 돼?"

초등학교 1학년 때였나. 입학하자마자 돌다리 질문에 시달림받던 나는 처음으로 할머니에게 이사

이야기를 했다. 할머니는 대답 대신 전날 아침에도 먹고 점심에도 먹고 저녁에도 먹은 된장국에 새 두부를 썰어 넣으시고는 숟가락을 건네주셨다.

여덟 살밖에 되지 않았지만 나는 그 된장국이 무슨 뜻인지 잘 알았다. 그리고 다시는 할머니에게 아무것도 묻지 않았다. 그것이 70살 차이나는 우리의 대화법이었다.

그렇게 나는 초등학교 시절 내내 된장국을 먹었다. 처음에는 내 입에서 된장 냄새가 나는 것 같아 입을 가리고 다녔지만 언젠가부터 그러지 않았다. 내 입에서 나는 된장 냄새보다 더 강력한 냄새가 마을 어딘가에서 풍겼기 때문이었다.

"강남서 영감탱이 하나 왔단다. 저짝 쥐새끼색 지붕 보이? 저 쥐새끼색 지붕이 그 영감탱이 집이댄다. 마당에 뭘할라고 식탁을 둬? 정신 빠진 놈 하나 들어왔구만. 보이? 보이?"

매사에 철두철미했던 할머니를 마을 사람들은 늘 경계했다. 이렇게 한 번 입이 터지면 혀에 수세미라도 붙은 양 꺼끌꺼끌한 말들이 튀어나왔기 때문이었다.

"할멈은 고향이 어디유? 강원도유? 아니면 충청

도유? 어떻게 보면 경상도 같기도 허구?"

지난봄 마을 한복판에 3층짜리 '돌미 붕어집'을 오픈한 선화 할머니가 처음 우리 할머니에게 고향을 물었을 때였다. 선화 할머니가 마지막에 슬쩍 말꼬리를 자를 때, 나는 우리 할머니 입꼬리가 씰룩이는 것을 보았다.

"궁금해? 고거이 그렇게 궁금해?"

우리 할머니는 이렇듯 첫 만남에 말을 확 내림으로써 자신의 위치를 확실히 하고 상대를 꼼짝 못하게 하는 데 능했다. 이런 할머니 뒤에서 자란 나는 살면서 특별히 무슨 말을 할 필요가 없었다.

'살면서'라고 했지만 내가 할머니와 함께 산 게 정확히 몇 년째인지는 잘 몰랐다. 그저 동네 사람들이 나를 두고 빙 둘러서서는,

"아이고, 걸음마할 때가 엊그제 같은데 벌써 이렇게 컸어? 눈코입이 올망졸망한 게 아주 니 애비를 똑 닮았구나. 턱이 뾰족한 건 할머니를 닮았나?"

하기에,

1. 여기에서 태어난 건 아닌가 보다.
2. 돌에서 두 돌 사이에 처음 이곳으로 왔나 보다.
3. 최소한 나에게 아빠는 있었다.

라고 추측할 뿐이었다.

동네 사람들이 내 외모 평판을 마칠 즈음, 할머니는 이렇게 말했다.

"내가 어드래이 턱이 뾰족하이? 내 턱이 뾰족하이? 얘가 어드래이 날 닮아? 진짜로 그렇게 생각하이?"

그러고선 등을 꼿꼿하게 다시 펴고 양손으로 머리를 쓸어내려 정리했다. 그게 우리 할머니였다.

"봄부터 마을에 매운 냄새가 나던데 여름 되니 더 심하네."

할머니에게 질문식으로 대화를 시작하면 안 된다는 것을 깨달은 지는 오래됐지만, 실천에 옮기기 시작한 건 얼마 되지 않았다.

"그 영감탱이, 마을 입구 논을 죄다 샀대디. 작년에 엎더니 거기에 파를 심었대지 뭐디? 아니, 김포하면 쌀 아니디? 누가 김포 살면서 미쳤다구 파를 키우디? 정신 빠졌지. 그 영감탱이, 쥐새끼색 지붕을 깔 때부터 알아봤대이."

할머니에게 질문식 대화만 던지지 않으면 그나마 조금은 안정적인 톤으로 대화를 이어갈 수 있었다. 아무리 원래부터 내가 말이 없었다지만, 초등학생 여자아이로서는 많은 연습이 필요했다.

"그래서 버스정류장에서부터 코가 시큰했구나."

혼잣말도 아니고, 그렇다고 특정 인물을 지목한 것도 아닌, 누구나 다 들어도 되고 누구에게나 해도 상관없는 그런 대화법도 우리 할머니에게 배웠다. 아니, 이건 꼭 우리 할머니한테만 배운 것은 아니고, 돌다리 할머니들은 대부분 그랬다.

"이 썩을 영감탱이. 아니 심어도 저짝 안쪽에다가 심을 것이지 떡하니 마을 입구에다 심어가지고 온 갖 사람들 파 냄새 뒤집어쓰게 하고 난리디. 강인지 바다인지 어디서 굴러와 가지고 우리 손주 코 아프 게 하고, 정신 빠졌디."

그래도 생각해보면 우리 할머니가 나에게는 나쁜 말을 한 적 없었다.

어느 저녁이었다. 동네에 순두부 차가 오는 날이 라 오랜만에 순두부 된장국을 먹을 생각에 나는 잔 뜩 들떠 있었다.

몽글몽글한 순두부 된장국을 앞에 두고 아껴 먹 을 것인지 빨리 먹을 것인지를 고민하고 있을 때,

"계세요? 할머님 계세요?"

낮이든 밤이든 우리 집 대문을 두드리는 사람은

삼촌 말고는 없는데, 삼촌보다 한참이나 어린 목소리였다.

"누구디? 다 늦은 밤에 누가 문을 두들기?"

할머니에게 질문을 한 것으로 보아, 어쩌면 어린아이인지도 모르겠다는 생각이 들었다. 동네 어른들은 할머니에게 함부로 질문하지 않았다.

"안녕하세요? 앞집인데 잠깐 문 좀 열어주시겠어요?"

나는 가슴이 덜컹했다. 두 번이나 질문을 쏟아붓고는 떨지도 않는 저 자신감이라니! 주말도 아닌데 사이비종교단이 찾아올 리도 없고, 도대체 누구지?

"또 두들기? 또 두들기?"

한 달 만에 따끈한 순두부를 맛보려던 찰나, 문을 두드리고 두 번이나 질문을 던졌으니 할머니도 참을 수 없었던 모양이었다. 순두부를 한 숟갈 먹고 나갈지, 그냥 나갈지를 고민하다가 결국 자리를 박차고 일어나버린 것이었다.

"큰일 났네."

나는 또 혼잣말도 아니고, 그렇다고 특정 인물을 지목한 것도 아닌, 누구나 다 들어도 되고 누구에게나 해도 상관없는 그런 말을 내뱉고 있었다. 나는 잠시 고민하다가 얼른 순두부를 한 숟갈 입에 넣고 할머니를 따라 나갔다. 거기에는 이상한 남자애가 순두부만큼이나 말랑말랑한 떡을 은박 접시 가득 들고 서 있었다. 나비넥타이를 맨 채로.

"누, 누구디?"

할머니는 정확히 떡을 바라보며 물었다.

"안녕하세요. 앞집에 이사 왔어요. 인사드리려고요. 반 친구도 마침 여기에 산다고 해서, 이거 맛 좀 보세요."

나는 떡이 정말 먹고 싶었음에도 불구하고 자꾸 이상한 남자애 얼굴로 눈이 갔다. 나비넥타이만 아니면 못 알아볼 정도로 얼굴이 깨끗했고, 무엇보다도 말을 정말 또박또박 잘했다.

'말이 별로 없는 친구니까, 어디 보자. 그래, 저기 저 친구 옆에 앉아라.'라고 했던 선생님 말씀을 떠올리자니 피식 웃음이 나왔다.

"선생님도 못 맞출 때가 있네."

습관적으로 내뱉은 말에 할머니와 남자애가 동시에 나를 쳐다보았다.

"저희 할아버지가 갖다드리라고 하셨어요. 안녕히 주무세요, 할머니. 너도 잘 자, 내일 보자!"

할머니와 나는 은박 접시를 받아 들고 한참을 서 있었다. 누가 우리에게 음식을 나눠준 건 처음이었다.

"이런 건 빨리 먹어야 된대이. 어서 묵으래디."

할머니는 은박 접시를 내 쪽으로 좀 더 가까이 밀어두었다.

'이름이 뭐지?'

순두부 한 입, 떡 한 입을 번갈아 먹느라 입 안이 뜨끈뜨끈한 와중에 이상한 남자애 이름이 궁금했다.

·

떡 때문이라고 할 순 없지만 나는 이상한 남자애와 같이 다니는 일이 많아졌다. 그 애의 할아버지가 종종 나를 태워 학교에 데려다주기도, 또 집으로 데려다주기도 했기 때문이었다. 그 애 할아버지의 차에서 우린 늘 알맹이가 씹히는 오렌지주스를 마셨다.

"할머니는 올해 연세가 어떻게 되시니?"

"70살 차이니까, 여든셋이신가……."

나는 습관적으로 혼잣말 같기도 아닌 것 같기도 한 말을 내뱉었지만 그것을 지적받지 않았다. 그 애 할아버지의 각진 모자를 보니 문득 할머니 방에 걸려 있는 돌아가신 할아버지 사진이 생각났다.

"적적하시겠구나."

할머니에게 한 말이 분명한데도 마치 내 등을 쓰다듬는 것 같은 기분이 들었다. 집에 돌아가 할머니에게 이 이야기를 했더니,

"여든서이? 아이고, 일흔서이라고 했어야지! 일흔서이!"

라며 좁은 마루를 계속 왔다 갔다 했다. 그래도 화는 내지 않았다. 그때부터 나는 일부러 그 아이가 나오는 시간에 맞춰 그집 앞을 서성였다.

남자애랑 부쩍 친해진 건 수학여행을 앞두고였다.

"정말? 너 에버랜드를 가봤어?"

"응, 집에서 멀지 않았어."

"와, 좋았겠다. 나는 이번이 처음이야."

"응, 엄청 재밌어. 근데 넌 도시락 싸 가? 우리 할아버지는 김밥 못 싸는데 큰일이네."

나는 수학여행이 처음이라 모른다는 대답은 차마 할 수 없어서 그냥 아무 말도 안 했다. 할머니도 곤란할 때는 아무 말도 안 했기 때문이었다.

할머니가 내 수학여행 비용을 내려고 붕어집 선

화 할머니에게 돈을 빌렸다는 일화는 돌다리에서 근래 가장 유명한 이슈였다. 삼촌이 준 돈으로 오랜만에 짜파게티 사러 돌미 슈퍼에 갔던 날이었다.

"너그 할머니가 선화 할멈한테 그렇게 깍듯하게 존댓말을 했담서? 그럴 거면서 왜 그렇게 막 대했대? 참말로 요상해, 요상해."

주인아줌마에게 이야기를 전해 듣고 나오면서 나는 슈퍼 앞 쓰레기통에 짜파게티를 봉지째 버렸다. 그리고도 분이 풀리지 않아 수학여행 전날까지도 할머니와 말 한 마디 안 했다.

고소한 냄새에 눈을 떠보니 새벽 5시였다. 할머니는 앞치마를 두르고 햄을 볶고 있었다.

"앞집 남자애네 할아버지가 김밥을 못 싼다던데……."

"그러드래이? 진작 말하디. 담부턴 재깍재깍 말하래이."

할머니는 나 두 줄, 남자애 네 줄을 싸서는 통에 담고 보자기로 꽁꽁 묶었다.

"나는 두 줄이고, 그 애는 네 줄이네."

"만날 자가용 안 얻어탔디? 할애비는 입도 아니래디?"

할머니는 그러면서 몇 번이고 두 손으로 머리를

매만졌다. 나는 조심스럽게 보자기를 들고 대문을 나섰다.

"이거 할머니가 드리래요."

나도 할머니처럼 두 손으로 머리를 매만졌다.

"아이고, 어르신께서 힘드셨겠구나. 고맙다고 전해드려라."

그 애 할아버지가 우리 할머니를 어르신이라고 부를 때마다 일흔 서이라고 할 걸 그랬나 조금 후회가 되었다.

•

수학여행 다음 날이었다.

"이거 우리 할아버지가 갖다드리래."

새빨간 딸기와 단단해 보이는 메론, 그리고 커다란 청포도가 들어 있는 바구니였다.

"이건 너 거야."

"이게 뭐야?"

남자애 손에는 처음 보는 새하얀 꽃이 놓여 있었다.

"파꽃이야."

"파꽃?"

파꽃에서도 파 냄새가 진동했지만 나는 내색하지 않고 바구니 위에 파꽃을 올려두었다.

"할머니, 옆집에서 줬어."

"이거이 뭐드래디?"

바구니를 보고 볼이 빨개진 할머니는 서둘러 방 안으로 들어갔다. 그날 우리는 오랜만에 과일 파티를 했다.

다음 날부터 할머니는 아침마다 내 머리를 땋아주었다. 등굣길도 날마다 배웅해주었다.

"안녕하십니까, 어르신."

"호호, 어르신은 무신, 동무디요, 동무."

할머니가 아무리 동무라고 말해도 할아버지는 꿈쩍도 하지 않았다. 그런 날이 계속되다가 졸업식이 되었다.

우리는 그 어느 때보다 오래 등교 준비를 했다. 나는 남자애가 어느 중학교에 배정받았을지 궁금했고, 할머니는 계속 머리를 매만졌다.

"안녕하십니까, 어르신."

남자애 할아버지가 인사를 했지만 할머니는 고개를 수그리고 웃기만 할 뿐이었다.

"아이고, 오늘 더 예쁘구나, 꼬마 숙녀."

남자애 할아버지가 내 머리를 만지려고 고개를 숙이자, 그 뒤로 파꽃처럼 새하얀 낯선 할머니가 보였다.

"우리 할머니야. 미국에서 오늘 오셨어."

나는 돌미 슈퍼 쓰레기통에 짜파게티를 버릴 때와 비슷한 기분을 느꼈다. 그리고는 주머니에 넣어둔 편지를 남자애 몰래 구겨버렸다.

"쪼매낳고 허연 할망구 끼고 아주 실실거리고 난리디. 니 할아범이 백 번 잘생겼디. 니 봤음 깜짝 놀랬을 거래이. 이 동네가 돌맹이가 많아 돌다리디? 돌미지 돌미야. 돗자리 펴놓은 것마냥 널찍하니 평평해서 돌미였드래디. 그것도 모르면서 무슨, 파밭……?"

하마터면 나는 사람들에게 엉뚱한 대답을 할 뻔했던 것이었다. 그동안 돌다리에 대한 질문에 함부로 대답 안 하길 잘했다는 생각이 들었다.

"그래, 겉모습만 보고 함부로 속단하면 안 된데이. 내가 이래 봬도 이 동네 토박이라 모르는 게 없데이. 영감탱이 저 집은 재개발 어림도 없디. 암, 우리 집 쪽이 개발 지역이디. 분명 미국인지 뭔지 암 것도 아니게 번쩍번쩍하게 변할 거데이."

그러면서도 할머니는 보석함에 있는 파꽃은 끝내 버리지 않았다. ‥☆

필순 씨 대응 매뉴얼

보통 '할머니'라고 하면 세상 다정하고 모든 걸 품어줄 것만 같지만, 모든 할머니가 그런 것은 아니다. 이 세상에는 다양한 사람들만큼 다양한 할머니들이 있는 법이고, 그중에는 그 어떤 젊은이보다 에너지 넘치고 당당한 할머니도 있을 수 있다. 초등학생보다 훨씬 더 큰 꿈나무를 키우는 할머니들도 있다는 걸 잊지 말아야 한다.

이필순 할머니가 대표적인 케이스이다. 이필순 할머니를 기준으로 제작된 〈필순 씨 대응 매뉴얼〉은 수많은 할아버지들의 필수 지침서로 지금까지도 두고두고 회자되고 있다.

이필순 할머니는 올해로 여든 번째 생일을 맞이했다. 한 달 전에 명절을 치렀기에 이번 생일은 박종구 할아버지와 단둘이 보내기로 단단히 마음먹었다. 하지만 단단한 마음은 쉽게 깨져야 제맛, 이필순 할머니는 쨍한 햇살을 받으며 잔뜩 짜증을 내는 중이었다. 얼굴의 주름이 햇빛을 받아 더 반짝반짝 빛

났다. 큰아들이 보내준 신 모델 스마트폰이 켜지지 않았으니 그럴 만도 했을 것이다. 이필순 할머니가 기존 스마트폰이 속도가 느리다고 볼멘소리를 했더니 큰아들이 여든 번째 생일 기념으로 보내준 것이었다.

"이것이 스마트여? 이것이 무슨 스마트여?"

이필순 할머니는 화가 나면 날수록 허리가 더욱 꼿꼿해져서 키가 커지는 특징을 가졌다. 특히나 말의 앞과 뒤에 같은 말을 반복해 사용했다면 이제 키 클 일만 남았다는 징조였다.

"그러게 말이여. 이것이 무슨 스마트여?"

박종구 할아버지는 크게 힘을 들이지 않고도 이필순 할머니의 마음을 진정시키는 진정한 능력자였다. 이필순 할머니가 한 말의 마지막 한 마디를 똑같이 따라하는 것만으로도, 이필순 할머니는 큰 위안을 얻었다.

"무슨 케키 쿠폰을 보냈다 하믄서, 먹으라는 거여, 말라는 거여?"

이필순 할머니는 올해로 여든 번째 생일을 맞이했지만 아이스크림 케이크를 가장 좋아했다. 새로 나온 아이스크림 맛보는 걸 몹시 좋아했고, 이도 시려 하지 않았으며, 게다가 틀니도 하지 않았다. 박종구 할아버지는 그것이 이필순 할머니가 지금껏 하고 싶은 말을 다 하고 살아서라고 생각했지만, 그 생각을 입 밖으로 내뱉는 어리석은 행동은 하지 않는 편이었다.

"그러게 말이여. 먹으라는 거여, 말라는 거여?"

대신 크게 힘을 들이지 않고도 이필순 할머니의 마음을 진정시킬 줄 아는 꽤 영리한 할아버지였다. 너무 힘이 빠진 목소리면 이필순 할머니가 곧장 가재 눈을 하고 노려보므로, 늘 배에 힘을 주고 목소리 톤을 높이는 것은 필수였다. 그래서인지 여든을 훌쩍 넘기고도 박종구 할아버지는 납작한 배를 자랑할 수 있었다.

"틀니만 아니었어도 칠십으로 보였을 건데."

박종구 할아버지는 TV에서 또래 연기자들이 나올 때마다 자주 이 말을 내뱉었고, 그때마다 이필순 할머니는 보란 듯이 우드득우드득 단단한 사탕을 씹곤 했다.

"무슨 여든 번째 생일이 이려? 터지지도 않는 핸드폰에 먹지도 못할 케키 쿠폰만 넣어주면 다여?"

이필순 할머니는 더는 못 참겠다는 듯이 엉덩이를 움직이며 일어날 기미를 보였다.

"내 말이 그 말이여, 내 말이 바로 그 말이랑께!"

이쯤 되면 '그러게 말이여.'라는 추임새는 통하지 않는다는 걸 박종구 할아버지는 잘 알았다. 박종구 할아버지가 몇 해 전에 힘겹게 완성한 〈필순 씨 대응 매뉴얼〉은 살아가는 데 없어서는 안 될 소중한 자료였다. 그 매뉴얼만 차례로 잘 지켜도 박종구 할아버지가 힘들 일은 없었다. 박종구 할아버지는 여전히 크게 애쓰지 않았고, 그렇다고 고급 단어를 사용한 것도 아니었지만, 확실히 이필순 할머니의 화를 누그러뜨릴 줄 알았다.

물론 처음부터 박종구 할아버지가 이 비법을 터득한 것은 아니었다. 처음에는 생각 없이 반대표 하나를 던졌다가 몇 날 며칠 이필순 할머니와 밤샘 토론을 벌인 적도 있었다.

"대화를 하자는 거 아니여, 대화. 나는 대화가 필요하다니께? 여하튼 오늘은 늦었으니 내일 다시 얘기혀요잉."

말이 대화지 누가 들으면 이필순 할머니가 긴긴 전화 통화라도 하는 줄 알았을 것이다. 박종구 할아버지의 말소리는 거의 들리지 않았고, 우렁차고 또렷한 이필순 할머니의 목소리만 마을 전체를 쩌렁쩌렁 울리곤 했다.

어떤 주제든지 간에 이필순 할머니의 승리로 끝나는, 도무지 규정을 알 수 없는 이 이상한 시합에서 박종구 할아버지는 차라리 빨리 백기를 드는 편이 나았다. 이필순 할머니는 말을 많이 하면 할수록 힘을 얻었고, 박종구 할아버지는 말을 많이 들으면 들을수록 힘을 빼앗겼으니, 스스로의 건강을 지키기 위해서는 한시라도 빨리 져야 했던 것이다.

〈필순 씨 응대 매뉴얼〉의 제1조도 그렇게 만들어졌다. '지는 것이 이기는 것이다.' 이건 원래부터 유명한 말이 아니라 박종구 할아버지가 수십 년 동안 체득하여 얻은 조항이었다.

하지만 이 응대 매뉴얼이 모든 할머니들에게 적용되는 건 아니었다. 〈필순 씨 응대 매뉴얼〉의 특별한 점은 뭐니 뭐니 해도 필순 씨가 바깥활동을 몹시 좋아한다는 데에 있었다. 이 부분만큼은 각자의 집안 분위기에 맞춰 요령껏 수정할 필요가 있었다.

박종구 할아버지는 이 부분을 절대로 잊지 않았다. 이 부분만 숙지해도 이필순 할머니 대응에 실패하는 일은 적었다. '아 이거 너무 쉬운 거 아닌가요?'라고 반문하는 사람이 있다면 박종구 할아버지가 화내는 모습을 볼 수 있을지도 모른다. '바깥활동'의 기준은 사람마다 다른데, 이필순 할머니에게는 그 범위가 특별히 남달랐기 때문이었다.

이필순 할머니 칠순 기념으로 박종구 할아버지와 함께 일주일 동안 제주도 라이딩을 했던 건 마을에서 두고두고 회자되는 기념비적인 이슈였다. 하마터면 마을에 플랜카드가 걸릴 뻔한 걸 박종구 할아버지가 이필순 할머니에게 아이스크림 케이크를 사주며 겨우 막을 수 있었다.

박종구 할아버지는 안 그래도 하체가 날씬한 편인데 제주도 라이딩 이후로 다리가 더욱 가늘어졌고, 이필순 할머니는 안 그래도 하체가 튼튼한 편인데 이전보다 더욱 건강미가 넘치게 변했다. 이필순 할머니가 몇 해 전 무릎 수술만 하지 않았어도 여든 번째 생일 기념으로 지리산 종주를 했을지도 몰랐다. 박종구 할아버지가 노인정에서 종종 '다행이다'라는 혼잣말을 자주 한다는 소문이 있는데, 아마도 이 부분을 염두에 둔 말일 것이었다. 그만큼 이필순 할머니는 전국 방방곡곡을 돌아다니기를 좋아했고, 두 다리를 움직이면 움직일수록 에너지가 충전되는 특별한 몸을 가졌다.

"스마트고 케키고가 다 무슨 소용이여? 생일날에도 방 안에서 티비만 보는걸."

'바깥활동'의 범위가 남다른 이필순 할머니 입에서 '방 안에서'와 '티비만'이라는 말이 나온다면 조금 심각하게 받아들일 필요가 있었다. 이때 분명 이필순 할머니의 등을 보면 어울리지 않게 잔뜩 굽어 있을 것인데, 그것은 곧 이필순 할머니의 신세타령이 길게 시작될 것을 예고하는 셈이었다.

"나가서 바람이라도 좀 쐽시다!"

〈필순 씨 대응 매뉴얼〉 순서에 따르면, 이필순 할머니의 등이 잔뜩 굽어 있는 그 순간, 한치의 망설임도 없이 자리를 박차고 일어나야 한다는 지침이 있었다. 다리가 아프다는 둥 허리가 아프다는 둥 핑곗거리를 찾다가는 최소 한 계절 이상 이필순 할머니의 신세타령을 들어야만 했다. 그럴 때 박종구 할아버지는 차라리 다리가 날씬해지는 걸 택하는 편이었다. 박종구 할아버지는 보기보다 이성적이고 현명한 분이었다.

"나가서 뭐한다요? 사람이 나가면 돈밖에 더 쓴다요?"

이필순 할머니의 목소리가 처음보다 한 풀 꺾였다는 건, 이제 박종구 할아버지가 조금 더 적극적일 필요가 있다는 뜻이었다. 게다가 이필순 할머니 입에서 '돈밖에'라는 말이 튀어나왔다는 건, 신세타령

플러스 돈타령이 더해질 것을 예고하는 셈이기도
했다.

"그럼 나가서……. 스마트폰을 켜봅시다! 그럼 돈
도 안 들이고……."

나가야 할 구체적인 이유를 찾는 것이 〈필순 씨
응대 매뉴얼〉의 다음 조항이었다. 박종구 할아버지
는 살아오면서 순발력이 빠르다는 소리를 들어본
일이 없는데, 수십 년 동안 훈련받은 덕에 이제는
'순발력' 하면 누구나 박종구 할아버지를 떠올리게
되었다.

"빨리 안 나오고 뭐한다요?"

이필순 할머니는 이 말을 뒤로 하고 벌써 마당을
가로질러 대문을 나서는 중이었다. 박종구 할아버지
는 이제야 주섬주섬 외투를 찾고 있는데, 이필순 할
머니는 벌써 보이지 않을 만큼 작아져서는 저 길 위
의 사람들 중 누가 이필순 할머니인지 분간하기 어
려울 정도였다.

지방 소도시라지만 중심지는 서울 명동거리 못지
않다는 게 이필순 할머니의 주장이었다. 이필순 할
머니는 본래부터 젊은이들이 다니는 프랜차이즈 미
용실에서 머리 스타일 바꾸는 것을 좋아했다. 새로

운 펌 기술이 나오면 꼭 시도해봐야 직성이 풀리는 성격이었다. 뿐만 아니라 별 모양 커피숍에서 새로 나온 커피 맛보기도 좋아라 했다. 박종구 할아버지가 주차 관리 일을 완전히 그만둔 뒤로는 모든 게 스톱됐지만, 그래도 이필순 할머니는 읍내 구경이라면 만사를 제쳐두고 뛰쳐나갔다.

"저기 휴대폰 가게 있구먼."

박종구 할아버지의 말보다 이필순 할머니의 행동이 더 빠른 것은 나쁘지 않았다. 박종구 할아버지는 힘도 들이지 않고 이필순 할머니를 대기 줄에 서게 만들었으니, 박종구 할아버지가 어슬렁거리며 가게 문을 열 때쯤 벌써 순서가 다가와 있고는 했다. 정보력만 있다면 둘의 궁합은 찰떡이었다.

"저기 아들래미가 스마트폰을 보내줬는데 켜지지를 않아서……."

박종구 할아버지가 '저기'로 말을 이어가는 걸 이필순 할머니가 가만두고 볼 리 없었다.

"시방 켜주요잉."

나름 손주들 봐주러 서울도 혼자 오갔던 이필순 할머니이기에 강력한 사투리는 좀체 쓰지 않는 편이었지만 이런 상황에서는 달랐다. '시방'이 나오면 이필순 할머니의 마음이 매우 조급하다는 증거였다. 〈필순 씨 대응 매뉴얼〉에서 아주 중요한 포인트였다.

"할머님, 여기랑 여기 버튼을 길게 꾹 누르시면……."

새로 온 직원이었는지 이필순 할머니에게는 다소 긴 설명을 시작하려 하고 있었다. 이필순 할머니는 직원의 손가락 위치만 보고도 벌써 파악을 마치고 스스로 스마트폰 전원을 컸다.

"저기 아들래미가 케키 쿠폰을 보내줬다는데 이걸 어떻게……."

새로 온 직원은 다소 설명이 긴 대신 눈치가 빠른 장점을 가졌다. 손가락 위치와 눈빛만으로 이필순 할머니에게 쿠폰 다운법을 알려주었고, 이필순 할머니는 빠르게 이를 캐치해 벌써 아이스크림 케이크 쿠폰을 받아 캡처까지 진행하는 중이었다. 게다가 매장 문을 나서기도 전에 별 모양 커피숍 앱 다운까지 마쳤으니, 매장 직원들도 놀라움에 뒷걸음을 쳤다.

"저기 근데 커피숍 앱은 왜……?"

박종구 할아버지는 순간 자신의 입을 두 손으로 틀어막았다. 〈필순 씨 대응 매뉴얼〉의 필수 지침이 바로 '질문 금지'였기 때문이었다. 하지만 이필순 할머니는 새 스마트폰의 전원도 켜고 아이스크림 케이크 쿠폰 캡처까지 마쳐서 싱글벙글한 상태였다. 다행이었다.

"내가 이래 봬도 골드레벨이여. 골드레벨은 생일 쿠폰 주잖아요잉. 생일 쿠폰! 바나나 들은 것만 빼고 다 된다 아이요!"

이필순 할머니는 벌써 저 멀리 별이 보이는 곳으로 부지런히 걷고 있었다. 박종구 할아버지가 아무리 전력을 다해 뛴다 한들 따라잡기엔 역부족이기도 했지만, 굳이 서둘러 뛰지는 않았다. 〈필순 씨 대응 매뉴얼〉에 의하면 이필순 할머니의 발뒤꿈치가 들려 있을 땐 혼자 가게 놔둬도 된다는 조항이 있기 때문이었다. 햇빛을 잔뜩 받은 이필순 할머니의 머리카락에서 윤기가 나는 것 같다고 생각하며, 박종구 할아버지는 미소를 지었다. ‥☆

마녀 할머니 팽씨

우리 할머니에게 욕쟁이라는 별명을 붙여준 건 붕어집 서씨 할머니예요. 서씨 할머니는 이제 와 아니라고 발뺌하지만 나는 서씨 할머니가 우리 할머니 뒤에서,

"에라이, 저 욕쟁이 할머니만 없어지면 속이 후련할 텐데! 팽, 하고 좀 사라졌으면 좋겠네! 에라이!"

라고 말하는 걸 똑똑히 봤거든요. 그날 서씨 할머니는 분명 나와 눈이 마주쳤는데 지금은 머릿속에서 그 기억이 지워졌나 봐요.

"서씨, 어이 붕어집! 내가 어디가 욕쟁인 겨, 응? 욕쟁이는 당신이지! 그려, 안 그려?"

"허이구마, 팽씨! 웬 생사람을 잡고 난리여? 내가 언제 그랬다고! 증거 있는감?"

엄마가 할머니, 할아버지들은 종종 머릿속에서 기억이 지워진댔는데, 서씨 할머니도 기억이 점점 지워지고 있는 걸까요? 서씨 할머니는 내가 누군지 모르는 듯 쳐다보지도 않았어요.

“진이야, 너 똑똑히 들은 겨? 서씨 할망구가 나더러 분명히 욕쟁이라 혔지?”

“응.”

“이 나쁜 할망구 같으니라고. 은혜도 모르는 나쁜 할망구! 내가 지 아들내미 합의금으로 삼백이나 꿔 줬건만, 2년이 지나도록 한 푼도 안 갚구선, 뭐 욕쟁이? 괘씸한 할망구. 내 절대 가만 안 있지!”

“삼백 원?”

“진이야, 엄마한테는 절대로 말하면 안 되는 겨. 니 엄마 알면 난리 나는 겨. 알제?”

“응.”

나는 할머니의 화난 모습이 속상해서 ‘응’이라고 대답했지만, 사실은 할머니가 무엇을 엄마에게 말하지 말라고 하는지 잘 모르겠어요.

돌다리 마을에서 할머니 별명이 욕쟁이라고 소문난 게 창피한 걸까요? 하긴, 나라도 욕쟁이라는 별명은 싫을 것 같아요. 만약에 우리 반 친구들이 나에게 ‘욕쟁이 진이’라고 한다면, 전학을 가버리고 말겠어요!

“이 마을에 너무 오래 산 겨. 오래도 있었지.”

할머니도 나와 같은 마음인가 봐요. 할 수만 있다면 내가 할머니를 전학 보내주고 싶어요.

．

　사람들은 우리 할머니가 욕 잘하고 매일 화만 낸
다며 수군대지만, 나는 우리 할머니가 누구보다 착
하고 다정하단 걸 잘 알아요.

　유리 공장에 다니는 베트남 아저씨가 매일 밤 우
리 담장에 매달린 포도를 한 송이씩 떼어 먹는 걸
할머니는 다 알고 있었어요. 그런데도 모른 척해주
었지요.

　어느 날인가는 할머니가 담장 안쪽에 쪼그려 앉
아 고추를 따고 있을 때 베트남 아저씨가 찾아온 적
이 있었어요. 할머니는 베트남 아저씨가 포도 한 송
이를 다 먹을 때까지 쪼그린 채로 움직이지 않았답
니다.

　"을매나 배가 곯으면 남의 집 포도를 다 따 먹겄
어. 유리 공장 도사장이 저녁도 안 준다 혀던데 참
말인가 벼."

　그러더니 할머니는 감자를 한가득 쪄 바구니에
담아 포도송이 아래에 두었지요. 하나 둘 셋 넷…….
모두 열 개였어요. 하지만 다음 날 아침에도, 그다음
날 아침에도 감자는 하나 둘 셋 넷……. 열 개 그대
로였어요.

베트남 아저씨는 그 뒤로 우리 담장에 찾아오지 않았답니다. 가끔씩 할머니랑 나랑 거실 커튼 뒤에 숨어 아저씨를 기다리기도 했지만, 밤에 포도 따 먹는 아저씨는 만날 수 없었어요.

그뿐이 아니에요.

우리 마을에는 절름발이 검정고양이가 한 마리 있거든요. 붕어집에서 버린 음식 찌꺼기를 먹고 서씨 할머니에게 두들겨 맞아 절름발이가 된 고양이로 유명하지요. 할머니는 그 고양이에게 예쁜 꽃그릇을 선물해주었답니다. 그 꽃그릇이 어떤 꽃그릇인지 알게 되면 검정고양이도 분명 할머니를 좋아할 거예요.

"진이야, 예쁘제? 야가 지금은 요래 늙었어도 젊었을 땐 참 고왔제. 할미 열일곱 때부터 같이 있던 놈이여."

부엌 찬장에는 엄마랑 작은 엄마랑 고모가 사다 놓은 새 그릇들이 알록달록하게 놓여 있었어요. 할머니는 소문난 그릇 부자인데, 잔뜩 때가 낀 꽃그릇만큼은 버리지 않았죠.

"아휴, 엄마! 청승청승 이런 청승이 또 있어? 그

릇이 이렇게나 많은데 왜 이 나간 이 촌스런 꽃그릇을 여태 안 버리는 거야! 귀신 나오겠어, 증말!"

눈이 크고 다리가 날씬한 고모는 주말마다 찾아와서 꽃그릇이 있나 없나 늘 확인했어요. 하지만 버리지는 않았어요. 그저 냉장고에 먹을 것을 잔뜩 넣어두고 갈 뿐이었답니다.

"너도 방학 때마다 고생이다, 고생이야!"

고모는 나에게 눈이 크고 다리가 날씬한 인형들을 사다주었어요. 나는 그런 고모가 좋았는데, 엄마는 고모 이야기하는 걸 별로 안 좋아했어요.

이렇게나 소중한 물건을 자신에게 주었다는 걸 검정고양이가 알면 분명 우리 할머니를 좋아하게 되겠지요? 어쩌면 사랑하게 될지도 몰라요.

게다가 할머니가 얼마 전 조기 한 마리를 통째로 고양이에게 주었거든요. 그 예쁜 꽃그릇에요. 아, 대가리만 빼고요! 눈이랑 이빨 때문에 고양이가 다칠 수도 있댔어요.

"여 대가리 좀 봐라. 아도 자식 생각에 이렇게 눈도 몬 감꼬 입도 몬 다문 거 아인겨. 장례도 못 치렀을 텐디, 요래 이파리라도 덮어줘야제."

할머니는 생선 살을 발라내기 전에 꼭 생선 대가리를 상추로 덮어주곤 했어요. 참, 고양이에게 조기

준 건 고모한텐 비밀이에요!

•

"나쁜 영감탱이. 파밭 갈아엎는다고 그렇게 질질 짜서 이백 꿔줬더니 말도 없이 토껴? 내가 못 찾을 줄 알제?"

"망할 자식. 돈 없어서 자식 파혼하게 생겼다고 벨벨거려서 오백 꿔줬더니 결국 파혼을 해? 그리고 는 안 줘?"

집에는 나랑 할머니 둘뿐인데 할머니는 매번 누 구에게 물어보는 건지 모르겠어요. 나에게 대답할 틈도 안 주고 이야기하는 걸 보면 나는 아닌 게 분 명해요.

어른들은 참 이상하죠. 나도 이백이랑 삼백은 있 는데, 왜 어른이면서 이백이랑 삼백도 돌려주지 않 는 걸까요? 용돈을 전혀 안 받는 걸까요? 아, 엄마 가 가져갔을지도 모르겠네요.

"겨울방학이 길어졌다고 하더만 별로 길지도 않 는가벼. 벌써 2월 아닌겨. 할미랑 있어서 심심했제? 맨날 쪼기만 먹꼬."

할머니는 두꺼운 요를 들추더니 나에게 천 원짜리를 열 장 주셨어요.

우리 할머니는 천 원 부자예요. 할머니 요 밑에 천 원짜리가 가득 깔려 있는 건 나랑 할머니만 아는 비밀이랍니다!

할머니는 하루에 꼭 한 번씩 '할미랑 있어서 심심했제? 맨날 쪼기만 먹꼬.' 하며 요 밑에서 천 원짜리를 꺼내주셨어요. 처음에는 한 장, 다음에는 두 장, 그러다 다섯 장, 오늘은 열 장이나요!

방학 내내 받았는데도 요 밑은 아직도 천 원짜리가 가득해요. 할머니는 밤마다 마법 고깔모자를 쓰고 천 원짜리를 주우러 나가는 걸까요?

"할머니, 또 숟가락!"

"에고고, 내 정신 좀 봐아. 시상에, 허구헌 날 이려. 진이 아녔음 할미 노인정서 놀림받았겠구먼."

지난 여름방학 때는 젓가락을 거꾸로 잡더니 이번 겨울방학 때는 숟가락이네요. 맨날 그러는 걸 보니 아무래도 할머니가 밥 먹을 때마다 딴 생각을 하는가 봐요. 나도 수업 시간에 딴 생각하느라 연필을 거꾸로 잡아 선생님께 혼난 적이 있거든요.

서씨 할머니의 삼백 원 때문일까요? 백씨 할아버

지의 이백 원 때문일까요? 그러고 보니 김씨 할머니의 오백 원까지 합치면 모두 천 원이잖아요! 세상에!

그래서 할머니가 매일 숟가락을 거꾸로 잡았나 봐요. 이제야 할머니 마음이 이해가 가네요.

"진이야, 엄마테는 절대 말허들 말어. 알았제?"

"뭐를?"

"뭐든. 뭐든지 말허지 말어. 할머니는 괜찮으니께."

"뭐가 괜찮아?"

"뭐든. 뭐든 괜찮으니께."

할머니는 조금 전에 내가 한 말도 잊었나 봐요. 또 숟가락을 거꾸로 잡고는 열심히 조기를 부숴요.

"할머니, 요즘엔 왜 조기 대가리 안 덮어줘?"

"으응, 그랬나?"

이번 조기는 이빨이 듬성듬성한 게 꼭 틀니 뺀 할머니 입 같아요. 나는 할머니 대신 상추로 조기 대가리, 아니 조기 얼굴을 덮어줘요. 할머니, 할아버지들은 종종 머릿속에서 기억이 지워진다고, 엄마가 그랬거든요.

오늘 밤에는 꼭 고깔모자를 쓴 할머니 뒤를 따라가볼래요. 할머니에게 붙여줄 예쁜 별명도 생각해놨어요. 마녀 할머니 팽씨!

팽, 하고 하늘로 날아가는 우리 팽씨 할머니를 보면 꼭 손 흔들어주세요! ‥☆

게임의 법칙

오늘도 운동장을 돌았다. 다 할머니 때문이다.

"아침은 된장이여. 된장을 먹어야 똥도 잘 나오고 오줌 줄기도 세차다고! 똥오줌 찔찔거려 봐. 그게 바로 만병의 근원이여!"

"아이고, 어머니. 요즘 누가 아침부터 냄새나게 된장을 먹어요? 어머니 시절 생각하시면 안 돼요. 아침 안 먹는 사람들이 회사에 절반도 넘어요. 커피 한 잔만 마셔도 똥오줌은 잘 나와요."

"얘가 아 죽일라고 작정했구만. 지금까지 그럼 아침에 애 된장도 안 멕이고 보낸 겨? 응응?"

호랑이 할배 쌤으로 바뀐 뒤, 지각하면 무조건 운동장 세 바퀴다. 호랑이 할배 쌤으로 바뀌고 나서, 난 한 번도 운동장을 돌지 않은 적이 없다. 할머니의 된장 타령은 시도 때도 없다. 그중에서도 아침이 최고다. 쾌변주의자 할머니가 '똥' 스토리를 시작하면, 나는 신발장을 열고 가장 잘 나가는 운동화를 고른다.

할머니의 된장 타령은 알아줘야 한다. 할아버지가 돌아가시기 전까진 구동골에서 으뜸이었는데, 여기 12단지에서도 할머니의 된장 스토리, 쾌변 스토리를 모르는 사람이 없다. 그래서 할머니가,

"아줌마!"

라고 부르면 아무도 뒤돌아보지 않는다. 하지만 할머니는 만능 재주꾼이기에,

"어이, 거기 다리 쬐깐한 애기 아줌마!"

해서 누구나 당장 뒤돌아 달려오게끔 만들어버린다. 그건 할머니 특기로 내가 인정한다.

나도 그 점은 배우고 싶다. 나더러 게임 루저라며 놀려대는 만후 무리들을 내 앞에 일렬로 세우고 싶다.

"아니, 듣자 듣자 하니까 이 할머니가 못하는 말이 없네! 다리가 쬐깐하다니요! 내 다리가 어디가 쬐깐해요! 살다 살다 별 소릴 다 듣네, 정말!"

할머니가 내 키랑 엇비슷한데, 아줌마는 할머니보다 반 뼘이 작으니 틀린 말은 아니었다. 우리 할머니의 또 다른 특기는 솔직함이다.

아담하다.

나는 얼른 핸드폰 문자로 '아담하다'라고 적어 할머니한테 보여주었다.

"흠흠, 다리가 아담한 애기 아줌마!"

"아니, 이 할머니가 정말 해보자는 거예요? 내 다리가 왜 아담해요, 왜! 할머니 303호 살죠? 한두 번도 아니고, 정말 안 되겠네."

할머니는 나에게 눈을 찡긋하며 신호를 보냈다.

전체적으로 비율이 좋고 여리여리하여 아담하다.

지난 백일장에서 우수상을 받아 친구들의 관심을 한 몸에 받은 뒤로, 난 글쓰기에 더 자신감을 얻었다. 친구들은 내가 글쓰기 과외라도 받은 줄 알지만, 난 그저 할머니 쫓아다니며 분쟁을 해결하는 보조 역할을 했을 뿐이었다.

할머니는 내 손을 잡아끌어 서둘러 문자를 읽었다.

"흐음, 전체적으로 비율이 좋고 여리여리하여 아담한 애기 아줌마!"

"비율 좋단 얘긴 종종, 아니 아니지. 할머니, 얼렁뚱땅 그냥 넘어갈 생각 마세요! 이번엔 진짜 안 넘어가요!"

'이번엔 진짜 안 넘어가요.'라는 말은 '난 이미 절반 넘어갔어요.'라는 뜻이다. 할머니 쫓아다니면서 터득한 내 새로운 주특기다.

"아니, 애기 엄마는 정말 이목구비가 또렷하니 오목조목 타고난 미인형이네. 얼굴이 갸름하면서도 복이 가득해. 주변에 따르는 사람 많지? 가만있어도 사람들이 줄줄 따라다녀서 귀찮지 않어? 내가 소싯적에 관상을 좀 봤지. 내 말이 맞지?"

"어머, 정말요? 관상을 보세요? 저 진짜 주변에 사람 너무 많아서 맨날 얼굴 가리고 뒷골목으로 다니잖아요. 아니 아니지. 흠흠. 할머니, 된장 애기 하시려거든……."

'어머, 정말요?'라는 말은 '난 이제 90퍼센트 넘어갔어요.'라는 뜻이다.

나는 할머니 쫓아다니면서, 인생 통달한 사람만 가능하다는 만국 공통어 '아줌마' 대화법을 마스터했다. 이런 게 게임으로 나와준다면 내가 우리 반 1등 먹고도 남을 텐데! 그럼 만후 무리들이 나에게 사탕을 바쳐대며 졸졸 따라다닐 텐데!

"내가 아줌마라고 혔지만 아가씨 소릴 더 많이 듣지? 애기가 옆에 있으니 아줌마라고 혔지, 혼자 댕

기면 누가 봐도 딱 아가씨제, 아가씨!"

"어머, 할머니. 그건 좀……. 호호. 가끔 듣긴 하지만 자주는 아니에요, 호호."

이쯤 해서 할머니가 한 발짝 다가간다. 치고 들어가기 기술이다.

"머리끝부터 발끝까지 어디 한 데 흐트러짐이 없잖여. 완벽하잖여. 그런데 요즘 다리가 좀 붓진 않어? 일어나면 얼굴도 좀 붓는 것 같잖어?"

"어머어머, 웬일. 할머니 혹시 점 보세요? 어머어머, 우리 단지에 유명한 점쟁이가 있다던데, 혹시 할머니세요?"

"에구, 난 아니지. 유명한 점쟁이가 왜 여기 살어. 저기 빌라단지 살겄지. 요즘은 점쟁이들이 재벌보다 부자여! 에구머니나, 내 정신 좀 봐. 내가 가볼 데가 있어서 말이야."

다음은 물러나기다. 90퍼센트 넘어온 상대에게 한 발만 다가가면 백 퍼센트가 될 것 같지만, 오히려 실패 확률이 높다. 이럴 땐 과감히 한 발 물러나 승부수를 두는 게 좋다!

"할머니, 저 정말 큰 고민이에요. 종아리가 반 뼘이나 굵어졌다니깐요. 먹는 것도 하나도 없는데 이래요. 저 결혼 전에는 다리 하나는 끝내줬……. 아니, 그게 아니라, 호호. 주책이죠, 제가?"

"말 안 해도 알제, 딱 보면 몰러? 붓기만 쑥 빠지면 뒷모습이 그냥 20대여. 안 그래도 주변에 사람 많은데, 붓기까지 빠지면 클나제. 남정네들이 졸졸 쫓아다니겄어."

"어머, 할머니도 참……. 우리 신랑 들으면 큰일 나요. 호호호."

게임 끝이다. 할머니는 힘도 안 들이고 전화번호를 땄다. 이제 우리 집에 또 한 명의 고객이 된장 가지러 올 것이다.

●

"아휴, 어머니. 그 여자가 어떤 여잔데 그 여자를 꼬셨어요. 하필이면! 정말 못 말려! 으휴."

엄마는 집에 누가 찾아오는 걸 아주 싫어한다. 내가 친구를 데려오면 엄마는 피자를 시켜주고 밖으로 나가버린다. 하물며 된장 가지러 오는 동네 아줌마라니!

"피해주는 거야, 호호호. 재밌게 놀아라!"

'피해준다'는 건 '그러니까 이제 오지 마'라는 뜻이다. 할머니 어깨 너머로 터득한 내공이다. 이제 게임에만 적용하면 되는데! 게임에만!

"그 여자 아들이 승우 가방 들기 시키는 만후잖아요! 만후 모르세요, 어머니? 아휴, 정말 내가 어머니 때문에 동네에서 고개를 못 들어요, 고개를!"

"만후든 만두든 어린 아들끼리 그럴 수도 있제! 어린 아들을 믿어주꼬! 응응? 얼러주면 될 낀데, 니는 뭐 그리 매번 날이 섰노?"

"어머니 시대가 아니라고요! 그까짓 된장 마트 가면 널리고 깔렸어요! 요즘 된장이 얼마나 잘 나오는 줄 아세요? 승우네가 동네 사람들 상대로 장사 해먹는다고 소문 다 났다고요!"

"아이고, 얘야. 그 좁은 구동골에서도 내가 큰일 없이 칠십을 살았데. 그러니 할배랑 죽기 살기로 싸움서도 이 된장을 지켰제. 원래 그래 사람 사는 곳이 다 버시럭버시럭하제, 조용하면 그게 마을이가?"

이쯤 되면 후퇴. 상대가 어마무시한 괴물일 경우, 나랑 급이 안 맞는다 싶으면 무모한 공격은 피하는 게 좋다. 아까운 총알만 버리는 셈이니.

엄마는 밖으로 나갔다. 장바구니를 가지고 갔는지, 지갑만 가지고 갔는지는 모르겠다. 우리가 잠든 뒤에야 살그머니 들어올 것이다. 그리고는 조용히 TV를 켜고 숟가락으로 뿅! 맥주를 따겠지. 안주는 내가 좋아하는 크래미! 내일 아침에는 크래미 주먹밥이겠다!

·

다음 날 학교 끝나고 학원에 가려는데 뒤에서 누가 내 이름을 불렀다.

"이승우!"

나는 놀라서 뒤도 돌아보지 못하고 자리에 가만 서 있었다. 반에서 내 이름을 불러주는 사람이 있었나? 잠깐 생각해봤다.

"야, 이승우!"

만후였다. 나보다 머리가 세 개나 더 있는 만후가 나에게 커다란 그림자를 덮으며 서 있었다. 가방을 주려나 보네, 하며 나는 손을 내밀었다.

"학원 끝나고 우리 집 올래? 엄마가 너 초대하래. 된장 먹고 똥이 잘 나왔다나 뭐라나⋯⋯. 앗, 비밀이랬는데. 너 울 엄마한테 말하면 죽는다, 어? 알았지? 나 엄마한테 진짜 죽어. 말 안 할 거지? 어?"

"어. 안 할게."

"그래, 그럼 이따 1502호로 와! 너 게임 실력 좀 보고, 우리 엄마한테 말 안 하면! 내가 특별히 우리

클럽에 가입시켜준다!"

　이쯤 되면 침묵이다. 거대한 상대가 나에게 솔깃한 제안을 했다고 해서 바로 흔들리면 무조건 패배다. 침묵으로 긍정인 듯 부정인 듯 여지를 남긴다.

　만후 녀석이 나를 보고 아리송한 표정을 짓는다. 녀석은 이제 90퍼센트 넘어왔다. 오늘 그동안 할머니에게 터득한 나만의 게임의 법칙을 멋지게 선보일 것이다! ‥☆

박순대, 최순대, 그리고 순대

내 이름은 순대다. 인터넷으로 내 사진을 보고 한 눈에 반했다던 첫 번째 주인이 나를 보자마자 붙여 준 이름이다. 주인은 엄청나게 높은 건물 꼭대기에 살았다.

내가 그 집에 처음 들어섰을 때, 첫 번째 주인은 짙은 나무 색깔의 김밥 같은 것을 먹고 있었다. 김밥은 익히 들어 알고 있었는데 그건 듣도 보도 못한 음식이었다. 내가 잘 보이려고 '멍멍' 하고 인사하자 주인이 김밥 같은 것을 입에 물고는 잔뜩 인상을 썼다.

"그냥 순대라고 해. 순대. 완전 사진빨이었구만. 운도 지지리도 없지."

첫 번째 주인이 먹고 있던 음식 이름이 '순대'인 모양이었다. 여튼 나는 그렇게 순대로 살게 되었다.

"엄마, 나 순대 산책 좀 시키고 올게!"

주인은 가끔 나를 데리고 산책을 가주었다. 그럴 때면 나는 좋아서 꼬리를 최대한 빠르게 흔들었다.

"나 게임 한 판만 하고 올 테니까 여기 가만히 있어라. 알겠냐?"

다른 주인들은 모두 강아지 목에 목줄을 걸어두고 꼼짝 못하게 잡고 다녔지만 우리 주인은 달랐다. 나에게 늘 자유를 주었다. 나는 다른 강아지들과는 달리 동네 구석구석을 돌아다니며 많은 친구들을 사귈 수 있었다. 친구들에게 나를 소개하면 모두가 고개를 갸우뚱했다.

"순대? 순대라고? 처음 듣는 이름이구만. 내 이 골목에서 십 년을 지냈지만 순대라는 이름은 처음이야. 주인이 너를 무척 아끼는 모양이다."

"그래? 왜 그렇게 생각해?"

"특이한 이름을 지어주는 주인은 그만큼 네 이름 짓기에 고심했다는 뜻이니까."

"그래? 그랬으면 좋겠다."

이렇게 좋게 이야기해주는 고양이가 있는가 하면,

"별 거지 같은 이름 다 보겠네. 세상에 강아지더러 순대가 뭐야, 순대가? 너희들 순대 몰라? 그 시커멓고 징그러운 순대 말야. 그게 아무리 맛있다고 하지만, 옆구리 터진 순대를 보면 길거리 신세인 나도 구역질이 난다구. 썩은 순대 먹고 배탈 나 뒹굴던 거 생각하면 어휴, 정말 끔찍하다, 끔찍해!"

라며 온몸을 바르르 떨고 털을 바짝 세우는 생쥐도 있었다.

"그래, 그럴지도 모르겠다."

생쥐의 말을 들은 뒤로, 첫 번째 주인이 텔레비전을 보며 순대를 먹을 때마다 구역질이 났다. 그러다 어느 날 거실 카펫에 토악질을 한 뒤로 나는 베란다 신세가 되었다. 추운 겨울이었고, 그 겨울이 제일 길었다.

한 번은 베란다에 들어가지 않기 위해 뒷걸음질을 치다가 주인이 먹다 남긴 순대를 밟고 화들짝 놀라 오줌을 지렸다. 주인은 그런 나를 보더니 내가 가는 곳곳마다 순대를 밀어 넣어주었다. 주인이 좋아하는 음식이라서 나도 좋아한다고 생각하는 모양이었지만, 나는 다른 모든 음식은 먹어도 순대는 끝내 먹지 못했다.

"야, 아무리 그래도 그렇지 순대는 좀 심했다."

"뭐가 심해? 순대라는 이름도 과분하지."

"성이라도 붙여줘라. 니가 박씨니까 박순대라고 하면 되겠다."

"뭐? 박순대? 하하하, 야 진짜 웃긴다, 박순대. 그래, 박순대라고 부르지 뭐! 순대, 박순대. 이리 와

56

봐!"

"대박 웃기다. 완전 대박인데? 야, 그만하고 피씨
방이나 가자."

주인은 자신과 닮은 친구들만 사귀곤 했다. 언뜻
보면 누가 주인인지 헷갈렸다. 왜 그렇게 둘이 깔깔
거렸는지는 모르겠지만, 나는 왠지 그냥 순대보다
박순대로 불리는 게 더 좋았다. 그렇게 서너 번 박
순대로 불리다가 언제인지도 모르게 두 번째 주인
을 만났다.

•

정확히 기억나진 않지만 아마도 길을 잃었던 것
같다.

첫 번째 주인은 끝까지 눈치채지 못했지만 나는
냄새를 잘 맡지 못했다. 나에게 자꾸 순대를 주던
주인은 내가 순대 냄새를 맡고 좋아할 거라고 생각
했던 모양인데, 미안하지만 그건 아니었다. 순대가
순대를 먹을 수는 없는 노릇이었다. 그것도 '박순대'
가 그냥 '순대'를 먹는다는 건 내 이름을 지어준 주
인에 대한 예의가 아니라고 생각했다.

"나무 밑이나 돌 주변에 이렇게 한쪽 다리를 들고

오줌을 싸면 돼. 그럼 아무리 멀리 가도 그 냄새를 맡고 집으로 돌아갈 수 있지. 한번 해봐.”

동네에서 우연히 마주친 나보다 더 자유로운 녀석이 자랑하듯 다리를 쫙 벌려 내 앞에서 오줌을 싸는데, 솔직히 경박스러워 보였다.

“그럼 내 소중한 부위가 다 보이잖아. 나는 네 다리를 딱 붙이고 서서 누는 게 좋아.”

“그래? 내가 이 동네 토박이지만 그렇게 오줌 싸는 개는 한 번도 못 봤는걸? 뭐 편할 대로 하면 되지. 냄새를 남기는 게 중요하니까, 상관없겠다.”

‘그래, 이 친구라면 고백해도 되겠다.’

나는 냄새를 잘 맡지 못한다고 고백하려고 그 친구에게 한 걸음 다가갔다. 그때였다.

“꽃순아!”

그러자 갑자기 그 친구가 뒤돌아 뛰어가는 것이 아닌가. 그곳에는 커다란 뼈다귀를 들고 환히 웃고 있는 사람이 있었다. 그 사람은 친구의 털을 어루만지고 볼을 부비고는 커다란 뼈다귀를 아낌없이 주었다. 나는 묘한 배신감을 느꼈다. 그 뒤로 다시는 그 친구를 찾아가지 않았다.

가끔씩 급할 때면 나도 모르게 한쪽 다리가 올라가려고 했지만, 절대로 그것만큼은 허용하지 않았다.

"냄새를 남기는 게 중요하니까, 상관없겠다."

나는 가끔 그 친구의 말이 생각났다. '냄새를 남기는 게 중요하니까'보다 '상관없겠다'는 말이 하루 종일 귓가를 맴돌던 어느 날, 나는 정말로 길가를 맴돌고 있었다.

"너도 길을 잃었나 보구나."

한 남자가 까만 손으로 주머니에서 빵 조각을 꺼내 나에게 주었다. 냄새는 나지 않았지만 부드럽고 맛있었다. 남자는 내가 빵 조각을 먹는 동안 입맛을 다셨지만 빼앗아 먹지는 않았다. 나는 분명 냄새를 잘 맡지 못하는 개인데, 이상하게도 그 남자에게서는 냄새가 났다.

'운명인가 봐.'

나는 이 사람이 내 진짜 주인이라는 강한 느낌이 들었다.

두 번째 주인의 집은 지하철역이었다. 지하철역의 가장 안쪽 자리가 주인의 집이었다. 첫 번째 주인의 집과 전혀 달랐지만, 첫 번째 주인이 나에게 준 내 이불과 비슷한 이불이 그곳에 있었다. 여기저기 얼룩지고 구멍이 잔뜩 난 그 이불을 보니 괜시리 반가워서 나는 꼬리를 열심히 흔들었다. 오줌이 튀었지만 주인은 손으로 한 번 스윽 문지를 뿐 화내지도 않았고 돌아보지도 않았다.

'그래, 이 사람이 내 진짜 주인이 분명해.'

두 번째 주인은 나에게 이름을 지어주지도, 그렇다고 딱히 무어라 호칭하지도 않았다. 주인이 조용히 나를 돌아보면 나는 꼬리를 흔들고 따라갈 뿐이었다. 주인의 이름이 궁금해 지하철역에 사는 다른 사람들의 말에 귀 기울여봤지만, 들리는 건 오로지,

"어이, 최씨. 어이, 최씨."

였다. 이름이 '어이'일까 아니면 '최씨'일까 생각하다가 '니가 박씨니까 박순대라고 하면 되겠다.'라던 첫 번째 주인의 친구 말이 떠올랐다.

'그래, 주인님 이름은 최씨구나. 그럼 나는 이제 최순대?'

나는 자꾸 웃음이 나와 혼자 키득거렸는데 아무도 내가 웃고 있다는 것을 눈치채지 못했다. 그렇게 한참을 두 번째 주인과 함께했다.

"한동안 못 먹었지? 오늘은 이거 다 먹어라. 선물이다."

어느 날인가 두 번째 주인은 주머니에서 봉지가 채 뜯어지지 않은 빵을 통째로 나에게 던져주었다.

빵 속에는 하얀 크림도 들어 있었다.

"나, 가족을 찾았다. 너도 이제 네 진짜 가족을 찾아가."

가족이 무엇인지 모르겠지만, 여튼 두 번째 주인에게 나는 진짜 가족은 아닌 모양이었다. 주인이 조용히 나를 돌아보면 당장 뛰어가려고 준비태세를 갖췄지만 주인은 한 번도 돌아보지 않고 걸어갔다.

●

나는 그 후로도 여러 사람들을 만났다. 이씨, 김씨, 강씨, 도씨. 하지만 내 이름을 이순대, 김순대, 도순대로 바꾸진 않았다. 그리고 그 누구도 주인으로 생각하지 않았다. 가끔씩 나를 '해피야'라든지 '흰둥아'라든지 불러줄 때면 나도 모르게 꼬리를 살랑거렸다. 하지만 절대로 세차게 흔들지는 않았다. 네 다리를 꼭 붙이고 서서 오줌을 누는 것과 비슷한 노력이 필요했지만 이내 적응이 되었다.

누군가는 나에게 포근한 인형이나 예쁜 밥그릇을 주기도 했다. 심지어 커다란 뼈다귀를 사주기도 했다. 나는 엉덩이가 날아갈 듯 세차게 꼬리를 흔들고 싶었지만, 이제는 흔들고 싶어도 잘 흔들 수가 없었다. 어느새 할아버지가 되어버렸기 때문이었다.

도씨를 끝으로 나는 사람들을 만나지 않았다. 조금만 걸어도 무릎이 아팠지만 그때마다 조금씩 쉬어가면 되었다. 조금 춥더라도 담벼락 밑이 가장 편했다.

'가장 편안한 담벼락을 찾아봐야지.'

그렇게 여러 담벼락을 지나쳐 이곳에 정착하게 된 것이다. 하나 둘 셋 넷 다섯, 총 5층인 것으로 보아 아파트도 아니고 단독주택도 아니고 당연히 지하철역도 아니다. 이제 나도 할아버지가 되었으니 이쯤은 식은죽 먹기지.

[무지개 빌라트]

난 글씨를 읽을 줄 모르지만, 아마도 연립주택이나 빌라 정도가 될 것 같다.

가장 오른쪽 입구의 1층 화단이 안성맞춤이었다. 적당히 풀이 깔려 있어 잠잘 때 폭신했고, 베란다를 지붕처럼 쓸 수 있으니 비도 피할 수 있었다. 하수구가 깊지 않아 비 올 때면 물이 넘쳐 마음껏 물도 마실 수 있으니 그야말로 행운이 아닌가.

"아이고, 할비 개네, 할비 개. 내랑 똑같네."

게다가 나보다 더 조심히 걸어야 할 것 같은 꼬부랑 할머니가 가끔씩 따뜻한 죽이며 우유를 챙겨주니 이곳은 천국이나 다름없었다.

1층에 사는 할머니였다. 할머니네 집에서는 거의 아무 소리도 나지 않았다. 가끔 대문 여는 소리가 나면 어김없이 나에게 먹을 것을 주곤 했다.

"어서 무라, 많이 무."

할머니가 준 음식을 먹고 배가 아픈 적은 한 번도 없었다. 할머니는 분명 나를 좋아하고 있었다. 하지만 좀체 집으로 초대하지는 않았다.

"오늘은 과자다. 아들래미가 바빠서 못 온다카네. 니 다 무라, 다 무."

할머니는 늘 내가 음식을 다 먹을 때까지 기다렸다가 밥그릇을 가져갔다. 그리고 다음 날이면 깨끗한 그릇에 새로운 음식을 담아왔다. 이렇게 깨끗한 음식은 태어나서 처음이었다. 한동안 머리카락이나 먼지를 먹지 않았더니 조금씩 다리에 힘이 생기기 시작했다.

비가 내리던 어느 여름날, 할머니는 한 손에 우산까지 들고 휘청휘청 걸어와 나에게 신기한 음식을 주었다.

"참외다. 참 달데이. 내 서울 올라오기 전에 구동골에서 참외농사 했다 안 카나. 동생이 보내줬데이. 많이 무라, 많이 무."

생크림이랑 초코도 먹어봤는데, 그것도 혀가 얼얼할 만큼 맛있었는데, 이건 뭐랄까. 생크림이나 초코랑은 달리 물을 마시지 않아도 되는 신기한 맛이었다. 오랜만에 침이 턱을 타고 흘러내렸다. 할머니가 손으로 내 턱의 침을 닦아주었다.

"같이 살면 뭐하겠노. 언젠가 이별 안 하겠나. 니랑 내라고 베기겠나. 별 수 있나."

나는 열심히 참외를 먹다가 고개를 들어 할머니를 바라보았다. 예쁜 얼굴이었다.

'할머니, 이름이 뭐예요? 아니, 성이 뭐예요?'

있는 힘을 다해 또박또박 물었지만 내 입에서 나오는 말은 '멍멍'뿐이었다. 그냥 순대로 사는 것도 나쁘지 않았는데, 참외를 먹다가 문득 마지막 성을 갖고 싶다는 생각이 들었다. 할머니의 우산 뒤로 비 냄새가 났다. ‥☆

이무선과 박옥선

경기도 김포시 양촌읍 석모리 113번지에 사는 이무선 할머니는 1922년생 개띠이다. 올해로 100세이고 석모리 토박이며 개띠와 잘 어울린다는 소리를 자주 듣는다. 하루에도 몇 번씩 6·25 피난기를 이야기한다. 상대가 누구든지 상관이 없고 좀체 멈추지 않으며, 다시 만나도 같은 이야기를 반복한다는 특징이 있다. 한 번은 이무선 할머니에게 사과를 배달하기 위해 온 젊은 청년이 얼떨결에 점심과 저녁까지 먹고 갔고, 그 후로 다시는 이무선 할머니에게 배달을 가지 않겠다고 선언했다는 후문이 있다.

이무선 할머니는 100세의 나이에도 불구하고 틀니를 하지 않은, 마을 유일의, 어쩌면 김포 유일의 100세 할머니일지도 모른다. 석모리에서 40년째 보신탕집을 운영하는 도씨 할아버지는 이무선 할머니를 향해 이렇게 말하곤 한다.

"일주일에 한 번씩은 꼭 오지, 암. 그렇지 않고서는 저렇게 목청이 클 수가 없지, 암."

그렇다. 이무선 할머니는 100세임에도 목청이 크

기로 1등인 것이다. 그밖에도 1등인 것은 수도 없이 많으나 그중 단연 최고는 바로 남편 없이 홀로 자녀 셋을 키워낸 점이다. 전쟁통 끝에 꽃미남 할아버지를 만나 결혼했지만 큰아들 열 살도 안 돼 하늘로 보냈으니, 그때부터 여기저기 뛰어다닌 게 100세인 오늘날까지도 허리가 꼿꼿한 비결이다.

"내래 까막눈이어도 경기도 여왕이었다 안 하간, 여왕!"

여기서 여왕이라 함은 '보험여왕'을 말한다. 실제로 이무선 할머니는 한글을 깨친 지 얼마 되지 않았다. 아니, 아직 완전히 깨치지 못했다. 아이 셋 키우며 한참 보험 일을 할 때 그녀가 까막눈이었다는 걸 아는 고객은 아무도 없었다. 그렇게 해서 김포에 논 500평을 샀으니, 지금까지도 논에서 나오는 쌀로 세 자녀들과 그들의 아이들까지 배를 채워주고 있다.

"감자랑 배추만 키우간? 여래여래 고추도 있고, 저래저래 감이랑 포도도 있는데 뭐가 더 필요하간? 오백 평 논까지 있어서 쌀이 펑펑 쏟아져 집까지 절로 오는데, 걱정이 뭐 있간?"

보통 남들에게 이렇게 목청을 높이면 가족에게는 세상 자상할 거라 생각하지만, 이무선 할머니는 세상 예외였다.

"감자가 뭐이 어때서 그라간? 피부에도 좋고 변비에도 좋고, 아픈 데도 다 낫게 해주는 게 감잔데, 뭐 그리 투정이간?"

오랜만에 자식들이 와도 메뉴는 한결같았다. 감자전, 감자채, 감자조림, 감자볶음, 감자튀김. 종류는 다양했지만 감자 맛이 고구마 맛이 되진 않을 것이니 자녀들 입장에서는 그럴 만도 했을 것이다.

그런 이무선 할머니의 목소리를 조곤조곤하게 만들어주는 사람이 딱 한 명 있었으니, 바로 이무선 할머니 막내딸의 막내딸이었다. 그러니까 이무선 할머니의 손주 중에서 가장 막내 손주, 옥선이었다.

옥선이로 말할 것 같으면 울보에 떼쟁이에 고집쟁이에, 하여간 이 세상의 모든 쟁이들을 모아놓은 그야말로 최고쟁이였다. 이름만 보면 전쟁통 직후에나 태어난 것 같지만 나름 N세대의 선두주자이다. 그럼에도 이름이 이무선 할머니와 크게 다르지 않은 데에는 역시 이유가 있었다. 그렇다. 작고 사소할지라도 모든 것에는 이유가 있는 법이다.

"이 아는 꼭 내가 이름을 지을 거라이. 알아들었간? 한 명 더 놓을 거 아님 막내 이름은 내 이름 끝

자로 통일하라이."

이무선 할머니는 자신의 어머니 아버지가 그리울 때만 통일을 이야기하는 게 아니었다. 시도 때도 없이 통일을 외치곤 했다. 막내 손주가 태어날 때도 통일 통일 노래를 불렀던 것이다.

"우리 엄마를 누가 말리겠어. 못 말려 정말. 시어머니라고 우리 엄마를 이길까? 못 이기지, 못 이겨. 대신에 좀 예쁜 이름으로 해줘요. 알았지?"

막내딸의 신신당부에 이무선 할머니는 유명하다는 작명소를 다 찾아다니며 막내 손녀 이름 짓기에 열심을 다했다. 워낙에 이무선 할머니가 마당발인 탓에 막내딸은 마음을 푹 놓고 있었다. 그리고 마침내 이무선 할머니가 자신의 끝 자로 통일한 이름을 내밀었으니 그것이 바로 박옥선이었던 것이다.

"엄마! 세상에. 하고 많은 이름 중에 옥선이 뭐야, 옥선이! 그것도 박옥선!"

그렇지만 아무도 이무선 할머니를 이길 수는 없었다. 아무리 막내딸이라도 까막눈으로 혼자 애 셋을 키워낸 이무선 할머니의 소원을 저버리기는 어려웠다.

"결혼만 안 했어도!"

결혼만 안 했어도 막내딸은 이무선 할머니 안의

68

약하고 상처받은 소녀를 보지 못했을지 모른다. 결혼만 안 했어도 이무선 할머니와 티격태격 말싸움을 벌였겠지만, 그러기에는 막내딸도 아이 셋을 낳았고, 이무선 할머니는 너무나 할머니였다. 그렇게 막내 손주는 박옥선으로 응애응애 세상에 태어나, 이름만 보면 동생 여럿 딸린 맏딸인 줄로 오해받으며 자랐다.

이무선 할머니가 직접 선택한 손주여서일까? 막내 손주 박옥선은 이무선 할머니와 닮아도 너무나 똑 닮았다. 손을 잡고 장터에 가면 사람들이 우르르 우르르 몰려들어 신기한 광경을 다 본다는 듯한 표정으로 둘을 에워싸곤 했다.

"어머, 할머니. 늦둥이 보신 거 아니시죠? 호호."

"미간 찌푸리는 것까지 완전 쌍둥이 같구나."

"아이고 완전히 쌍댕이래이, 쌍댕이. 얼굴이 이래 닮으면 팔자도 닮는다던디."

보통 이쯤 되면 '우리 손녀가 인물이 더 좋지요.' 이런 말이 나올 법도 한데 역시 이무선 할머니는 달랐다.

"어델 봐서 날 닮아? 내가 훨 낫디!"

진담이었다.

이무선 할머니가 평생 한글을 모르고도 이런저런 여왕 자리에 잘만 올랐는데 뒤늦게 한글을 배우기 시작한 것, 거기에도 다 이유가 있었다. 다시 말하지만 작고 사소한 것에도 이유가 있는 법인데, 이무선 할머니가 100세를 앞둔 어느 날 굳이 한글을 배우려는 것에는 절박한 이유가 있던 것이었다.

"엄마, 1년만 좀 부탁할게. 진짜 엄마 이제 고생 안 하게 하고 싶었는데, 미안해요."

막내딸의 사연은 비밀에 부치고, 여하튼 몇 년 전, 옥선이 이무선 할머니 집에서 함께 살게 된 것이 발단이었다. 그전에도 자주 얼굴을 보는 사이였지만 이제는 삼시세끼 같이 밥을 먹는 사이가 된 것이었다. 게다가 어느새 옥선은 훌쩍 자라서 유치원을 가야 했고, 이무선 할머니는 유치원으로부터 각종 안내문을 받아서 무슨 내용일까 매번 때려 맞춰야만 했다.

"도씨! 도씨! 이거래이 무슨 말이간?"

도씨도 나중에는 이 핑계 저 핑계를 대며 잘 봐주지 않는 데 이르자 이무선 할머니가 입을 앙다문 것이었다. 그럼에도 평생 모르고 살던 글자를 깨우칠 결심을 하기란 쉽지 않았다. 그런 이무선 할머니를 완전히 결심하게 만든 것은 옥선과의 대화 중에 있었다.

"할머니, 친구들이 나 한글 모른다고 멍청이래. 한글 가르쳐줘."

"하이고, 멍청이는 지들이 똥멍청이지, 누구보고 멍청이라이? 멍청이가?"

"반에서 나만 이름 못 쓴단 말야. 가르쳐줘, 응응?"

이무선 할머니는 차마 한글을 모른다 하지 못하고 땀만 삐질삐질 흘렸다.

"하이고, 한글 몰라도 다 잘 산다! 할머니는 여왕까지 수십 번을 갔다!"

"여왕? 정말정말? 어떤 여왕? 나도 그 여왕 할래!"

그제야 이무선 할머니는 연필을 깎기 시작한 것이었다.

'아이고 완전히 쌍댕이래이, 쌍댕이. 얼굴이 이래 닮으면 팔자도 닮는다던디.'

맨 처음 옥선 손을 잡고 장터에 간 날, 동네 사람이 한 말이 머릿속에서 떠나지 않은 것도 한몫했다.

"아니간! 여왕은 안 되지, 안 될 소리야. 절대로 여왕은 안 돼!"

이무선 할머니가 미간을 찌푸리자, 옥선도 더 이

상 말을 잇지 않았다. 어린 옥선이었지만 이무선 할머니의 감정 변화를 누구보다 잘 아는 똑똑한 아이였다.

그렇게 해서 이무선 할머니는 99세에 한글을 깨우친 것으로(사실은 이름만) 동네방네 이름을 알렸다. 이무선 할머니의 떼쓰기로 노인정 소식지에 전단지가 걸렸다.

"내래 99세에 한글 깨우친 그 이무선이 아니간?"

이무선 할머니 집에 가면 지금도 할머니 물건마다 여기저기 쪽지가 붙어 있다.

— 이무선, 이무선, 이무선, 이무선

그리고 또 다른 쪽지도 붙어 있다.

— 박옥선, 박옥선, 박옥선, 박옥선

지금까지도 이무선 할머니와 손주 박옥선은 열심히 물건마다 이름표를 붙이고 지낸다. 누구 이름이 더 많나 시합하면서. ··☆

누가누가 경진대회

대회가 다시 개최된다는 소식에 〈누가누가〉 협회 회원들은 누가 먼저랄 것도 없이 환호성을 내질렀다. 끊임없이 박수를 치는 사람이 있는가 하면, 두 손을 가지런히 가슴에 모으고 눈을 감는 사람도 있었고, 무언가 큰 결심을 한 듯 두 눈을 부릅뜨고 먼 산을 응시하는 사람 등 다양했다.

"이번에는 대강당에서 진행하겠지요?"

"허허, 대강당도 부족할 듯싶소. 참가자 명단만 어마어마하다고 들었소."

"어머나, 정말요? 흥미진진하겠는데요?"

〈누가누가〉 협회 회원들은 잔뜩 마음이 들떠서는 서로 소식을 공유하고자 했으나, 정확한 공지는 내려오지 않은 상태였다.

"신입회원은 참석할 수 없지요?"

"허허, 당연하지요. 기존 회원들도 몇 년을 기다려 겨우 번호표를 얻었잖소."

"어머나, 그건 당연하죠! 우리가 버틴 세월이 얼만데 그걸 그냥 넘겨줘요?"

하지만 그날 오후 게시판에 업데이트된 공지에 따르면 신입회원, 기존 회원 상관없이 모두가 참석이 가능했다. 〈누가누가〉 협회 회장이 공정성을 강조했다고 했다.

기존 회원들은 모두가 입이 삐죽 나왔지만 상금 생각에 차마 입 밖으로 의견을 내뱉진 못했다. 여차해서 일이 뜻대로 되지 않을 경우, 거액의 상금을 포기해야 함을 물론이고 협회 임원이 될 수 있는 기회도 놓치는 셈이기 때문이었다. 〈누가누가〉 협회 회원들의 평균 연령대는 70세 안팎이었고, 그만큼 해야 할 말과 하지 말아야 할 말을 구분할 줄 알았다. 그렇지 않고서는 평균 70세가 되어 이곳에 발을 들이기도 쉽지 않았을 것이다.

〈누가누가〉 협회 회원들은 50대부터 90대까지 다양했고, 심지어 100세를 넘긴 회원도 있었으나 평균적으로는 70세였다. 몇 년 전까지만 해도 65세였는데 시간이 갈수록 평균 나이가 늦춰지고 있다는 것이 협회 사무국장의 의견이었다.

그렇다고 50대 이상의 모든 성인 남녀가 〈누가누가〉 협회에 가입할 수 있는 건 아니었다. 서울 강남 토박이들로 구성되기도 했지만, 무엇보다도 반드시 손주가 있어야 했다. 아주 가끔 나도 손주가 있다며 가입을 요청하는 40대가 있기는 했지만 요즘 같은 시대에는 드문 일이었고, 쟁쟁한 회원들 사이에서 40대가 버티기에는 역부족이라는 판단에 협회에서 입회를 거절하곤 했다. 가입을 요청했던 40대도 〈누가누가〉 협회의 분위기를 잘 알았기에 입회 거절에 딱히 반박하지 않았다.

"이번 상금 보셨어요? 역대 최대예요."

"허허, 내 숫자를 잘못 본 줄 알고 몇 번이나 다시 셌습니다."

"어머나, 그 정도예요? 전 아직 못 봤어요. 도대체 얼마길래 그래요?"

〈누가누가〉 협회 사무국에서는 때마다 각종 경진대회를 열고 참가비를 받았는데, 경진대회에서 1등을 하는 회원에게 모든 참가비를 몰아주는 시스템을 갖고 있었다. 처음에는 회원 수가 적어 1등 상금도 미미했으나, 점차 소문을 듣고 회원들이 몰려들더니 이젠 협회 가입비도 상당했고, 경진대회 참가비도 누군가에게는 부담스러울 금액이었다. 그렇게 하여 상금 액수는 어마어마하게 불어났고, 누가 욕심부리더라도 이상하지 않을 만큼이 된 것이었다.

이번 경진대회는 특히 지금까지와는 차원이 다른

상금으로 모든 회원들의 눈을 휘둥그레하게 만들기에 충분했다. 뒤늦게 상금 액수를 듣고 회원 가입을 시도하기 위해 사무국장에게 비리를 저지른 사람들도 있다는 소문이 있었지만, 회원들은 그저 뜬소문일 뿐이라고 넘겼다. 그런 비리는 통하지 않는 곳이라는 믿음이 모든 회원들의 마음에 기본으로 자리잡혀 있어서 가능한 일이었다.

[주제 : 누가누가 가장 슬픈가]

협회 밴드 게시판에 새로운 공지가 떴을 때, 순간 무섭게 폭발하는 조회 수가 놀랍기도 했지만, 무엇보다도 지금까지와는 전혀 다른 주제에 회원들이 무척 당황해했다.

"뭔가 잘못된 거 아닐까요?"

"허허, 그러게나 말입니다. 내 지금껏 수십 번의 경진대회에 참석했지만 이런 주제는 처음입니다."

"어머나, 이럴 수가 있나요? 이건 저희 협회랑 어울리지 않잖아요."

협회 회원들은 모두 삼삼오오 모여 이번 주제가 부당하다고 소리를 높였지만, 협회 측에 직접적으로 그 목소리를 전달하는 사람은 아무도 없었다. 이번

대회는 불참하겠노라고 큰소리치던 사람들도 막상 최종 명단 리스트에는 본인 이름을 입력했기에, 참가자 수는 예전과 변함이 없었다.

"협회가 뭔가 변한 것 같지 않아요?"

"허허, 심상치 않습니다. 저는 이번 대회가 마지막이 될지도 모르겠군요."

"어머나, 저도 같은 생각 했어요!"

회원들이 이렇게 반응하는 데에는 그럴 만한 이유가 있었다. 〈누가누가〉 협회는 강남 토박이들 중 퇴직한 고위 공직자들의 사교 모임에서 시작되었는데, 처음에는 고급 독자들이 모인 인문철학 독서클럽이었다. 그러다 한 사람씩 순번을 정해 유명한 지인을 초청해 강연회를 열었는데, 이때 각계 부유층에 입소문을 타면서 회원이 대거 유입하여 정식 협회로 등록된 것이었다. 유명 인사들의 강연을 들을 수 있는 특별회원이라는 점에서 회원들은 유대감을 쌓아나갔다. 부유층이 아닌 사람들이 협회에 가입하기 위해서는 기존 회원의 추천사를 받아야만 했다. 즉, 가입 절차가 무척이나 까다롭고 입회비 또한 만만찮은 모임이었던 것이다.

이것만 가지고는 [누가누가 가장 슬픈가]라는 주제에 왜 그렇게까지 회원들이 놀라움을 금치 못했는지 이해하기 어려울 것이다. 하지만 최근까지 지속되었던 대회 주제가 [누가누가 가장 즐거운가] [누가누가 가장 행복한가] [누가누가 가장 여유로운가] 등등이었음을 감안한다면 새로운 주제에 왜 그렇게까지 회원들이 고개를 저었는지 알 수 있을 것이다.

"처음으로 다시 돌아갈 수 있다면 얼마나 좋을까요?"

어느 회원의 혼잣말을 시작으로 사람들은 예전 그 시절을 떠올리느라 입가에 미소가 떠나지 않았다. 맨 처음 주제는 [누가누가 가장 잘났나]였기 때문이었다. 당시에는 정식 경진대회가 아니었기에 '잘났나'라는 타이틀을 어디에 붙여 두진 않았지만, 지금까지도 모두가 정확하게 그 주제를 기억하고 있었다.

유명 지인들을 초청해 강연회를 열면서 협회를 유지해오던 중, 어느 순간부터 강연의 퀄리티가 떨어지고 같은 강사가 반복해서 등장하는 사태가 벌어졌고, 급기야 대거 회원 탈퇴로까지 이어진 적이 있었다. 협회로서는 처음 겪는 위기였는데, 당시 언론에 나가는 좋지 않은 기사를 막느라 지금의 사무국장이 큰 힘을 써주었기에 그가 수년을 사무국장으로 지낼 수 있었다는 소문도 있었다.

그 위기 뒤에 협회를 재정비하는 차원에서 시작된 새로운 강연 기획이 바로 '누가누가 경진대회'였던 것이다.

"솔직히 그때가 제일 자연스러웠소. 우리 모두에게요."

협회 회원 모두에게 마이크를 넘겨주는 대신 한 회원 당 발언 시간은 5분을 넘지 않아야 한다는 것이 규칙이었다. 5분 안에 강연을 마쳐야 하다 보니 우선 간결해야 했고, 무엇보다 나름의 색깔을 정해 임팩트를 줘야 했다.

새로운 기획은 성공적이었다. 길고 지루한 유명 인사의 강연보다 반응이 뜨거웠다. '인생에 좌절이 찾아올 때', '행복한 가정을 이루기 위해 꼭 필요한 세 가지', '나를 숙이고 남을 드높일 때 비로소 찾아오는 성공' 등등의 강연 제목은 보편적이면서도 궁금증을 일으키게 만들어서, 언론에도 그 영상이 그대로 공개되기도 했다. 이후의 경진대회 때마다 협회 회원들이 그럴 듯한 강의 제목을 뽑느라 외주 업체까지 알아본다는 소문도 파다했다.

이렇듯 [누가누가 잘났나] 주제에 맞춰 수년간

경연대회를 이어오던 회원들에게 정반대의 주제는 놀라움 그 자체였다. 하지만 그렇게 많은 불만들이 사무국까지 도달하지는 못했다. 앞서 설명했듯이 사무국장은 협회에서 보통 위치가 아니었기에, 탈퇴할 각오가 아니고서야 직접 맞닥뜨릴 일은 없어야 했다.

"지금부터 [누가누가 더 슬픈가] 경진대회를 시작하겠습니다."

사무국장의 사회를 시작으로 협회 회원들은 모두 자리에 착석했다. 도대체 누가 불만을 내뱉었는지 도무지 알 수 없을 만큼 모두의 표정이 밝고 경쾌했다. 평소라면 풀 정장을 갖춰 입었을 회원들이었지만, 이날따라 화려한 장신구를 갖춘 것도 특징이라면 특징이었다.

"제가 먼저 해볼게요."

누가누가 경진대회에서 가산점이 주어지는 경우가 몇 있는데, 그중 첫째가 바로 맨 처음 발표자에게 주는 가산점이었다. 경진대회 분위기를 돋우고 솔선수범하는 부분을 크게 칭찬한다는 취지였다. 누가누가 경진대회는 대회 진행이 무척 빨랐다. 안 그래도 참을성이 없는 성인들로서는 굉장히 마음에

드는 부분이었다.

"제 이름은 이꽃님입니다."

밝은 그레이색 투피스를 갖춰 입고 가슴에 꽃 모양의 브로치를 매단 72세 이꽃님 회원이었다. 모임 때마다 투피스를 선호하며, 브로치가 자주 바뀌기로 유명했다. 남편이 국회의원이라는 둥 교장선생님이라는 둥 소문이 자자했지만 실제 직업은 아무도 몰랐다. 누가 직접적으로 물어도 다른 이야기로 자연스레 회유할 줄 아는 이꽃님 회원은 나이에 비해 행동이 무척 빨랐다. 〈누가누가〉 협회 회원이 된 지는 10년이 넘었으며, 나름 장기회원으로 이곳의 규칙을 잘 알고 있었다. 모두가 기대 가득한 눈빛으로 이꽃님 회원의 번쩍이는 브로치를 바라보았다.

"저는 어릴 때 이름 때문에 놀림을 많이 받았었어요. 지금은 제법 이름과 잘 어울리는 외모이지만, 그때는 무척이나 촌스러웠어서 이름과 어울리지 않는다는 이야기를 많이 들었거든요. 게다가 짓궂은 남자친구들은 툭하면 '너 할머니 되어서도 그 이름이 어울릴 거라고 생각해?' 하면서 놀리곤 했죠. 엄마에게 이름 바꿔달라고 울면서 조르던 기억이 나네요. 제 인생에 가장 많이 울던 시기였고, 저를 놀리던 친구들에게 상처를 많이 받았답니다."

이꽃님 회원의 발표에 몇몇 여자 회원들은 손수
건으로 눈 밑을 닦기도 했고, 남자 회원들은 콧수
염 부근을 손가락으로 문지르기도 했다. 여기저기서
'맞아, 맞아'라든지 '나도, 나도'라든지 하는 추임새
가 흘러나오기도 했다.

"끝인가요?"

하지만 사무국장의 반응은 냉담했다. 뒤이어 아
무 말이 없었음에도 이꽃님 회원은 곧장 무대에서
내려가야 했다. 이꽃님 회원은 '눈물 한 방울 쏟았어
야 했는데.'라고 생각하며 자리로 돌아갔다.

"다음은 제가 하고 싶습니다!"

두 번째 발표자는 69세 홍태기 회원이었다. 평소
말이 느리고 정확해서 모두의 시선을 집중시키는
재주를 가졌다. 풍채도 좋고 그에 비해 배도 나오지
않은 편이라 둔한 느낌을 주지 않았다. 나이에 비해
머리숱이 많은 것은 어딜 가든 장점이었다. 게다가
좀체 흥분하는 일이 없기에 모두에게 신임을 얻은
상태였다. 3회 차 경진대회에서 우수상을 차지한 경
력도 있었기에 모두의 이목을 집중시키기에 충분했
다.

"제가 운영하는 철강 사업이 하루아침에 이루어
진 것은 아니라는 점, 모두 잘 알고 계실 겁니다. 저

는 두 차례의 부도 위기를 이겨냈습니다. 특히 IMF 때는 정말 죽고 싶을 만큼 힘들었는데 주변에서 그런 저를 많이 도와주고 응원해주었어요. 가족들의 응원, 특히 아버지의 힘이 아니었다면 일궈내지 못했을 것입니다. 그날 일을 생각하면 아직도 가슴이 아려옵니다."

홍태기 회원의 철강 사업 히스토리는 협회 회원이라면 모르는 이가 없었다. 지금까지 모든 경진대회에서 같은 주제를 다뤄왔기 때문인데, 매번 같은 주제로 다르게 이야기를 풀어나가는 재주에 모두가 감탄해왔다. 하지만 이번 주제에는 걸맞지 않다는 듯 모두가 멋쩍은 웃음을 지으며 고개를 이리저리 돌릴 뿐이었다. 우는 척하는 사람도 없었다. 사무국장이 무어라 한 마디 더 내뱉으려 할 즈음, 홍태기 회원이 재빨리 다음 행동에 착수했다.

"흐억, 정말 가슴 아픈 일이었습니다. 흑흑."

곰처럼 커다란 홍태기 회원이 갑자기 눈물을 터뜨리자 협회 회원들은 어쩔 줄을 몰랐다. 지금까지 한 번도 고개 숙이는 모습을 본 적이 없어서인데, 어느 정도냐 하면 인사할 때도 절대 고개는 움직이지 않고 손만 들거나 눈만 깜빡 했다. 누구 한 명 정도는 따라서 울 법도 한데, 이상하게 그 누구도 슬

퍼하지 않았다.

"이번 주제와는 조금 어울리지 않는 것 같습니다."

사무국장은 예나 지금이나 직설적이었고 단호했다. 협회 회원들은 사무국장의 그런 딱딱한 모습을 싫어하면서도, 그렇기에 저 자리를 오래 지킬 수 있는 거라고 입 모아 말하고는 했다. 감성이라고는 손톱만큼도 없다며 욕했지만 그런 사무국장 덕분에 〈누가누가〉 협회가 장수했다는 의견에는 반대하는 이가 없었다.

"다음 발표자 없습니까?"

사무국장의 말에 모두가 좌우로 열심히 고개를 돌렸으나 손드는 사람은 찾아볼 수 없었다. '이름 때문에 어린 시절 놀림받은 이야기보다 더 슬픈 이야기가 어딨담?' 혹은 '철강 산업 회장님처럼 부도 직전까지 가본 사람은 모르지, 암 모르고말고.' 하는 마음들만 허공에 둥둥 떠다니며 서로 부딪히지 않게 피하는 중이었다.

"그럼 제가 해보지요."

사무국장의 말에 협회 회원들이 모두 정지했다. 허공에 둥둥 떠다니던 마음들도 순간 움직임을 멈춘 듯 고요했다.

"저는 고등학교도 제대로 졸업하지 못했습니다."

미국 유학파 출신이라던 사무국장 앤디 킴의 고백에 모두의 눈이 휘둥그레졌다. 어떤 회원은 두 손으로 입을 가리기까지 했다. 그도 그럴 것이 이곳은 고위 공직자들의 사교 모임이 아니었던가. 사람들은 큰 배신감을 느끼며 온몸을 부들부들 떨었다. 하지만 눈물을 흘리는 사람은 없었다.

"아버지는 암으로, 어머니는 사고로 돌아가셨지요. 제가 초등학교도 졸업하기 전에 모두요."

앤디 킴의 연이은 고백은 모두를 충격으로 몰아넣었다. 협회 회원들은 모두가 얼굴이 새하얗게 질린 상태였다. 기가 막히다는 듯 코웃음을 치는 사람들로 장내가 술렁였다. 하지만 역시나 눈물을 흘리는 사람은 없었고, 그렇다고 무어라 반박하지도 못했다. 맨 앞자리 끝에 단독으로 자리 잡은 〈누가누가〉 협회 회장님이 아무 움직임이 없었기 때문이었다.

우리나라 3대 기업 중 하나를 오롯이 혼자 힘으로 일궈낸 회장님은 올 초에 '우리나라를 빛낸 여성 기업가 1위'로 손꼽히며 모두의 존중을 받았다. 80세를 훌쩍 넘겼음에도 얼굴에 깊은 주름 하나 없었고, 긴 목에 각진 어깨만 보면 중년으로도 보일 정도로 날렵한 체격을 가지고 있었다. 디자인 그릇 회사로 유명한 모 기업의 이진현 회장님이었다. 젊었을 적에 그릇에 문양을 넣는 디자이너였고, 금수저가 아님에도 홀로 그릇 회사를 일구어낸 여성 기업가로 우리나라에 모르는 이가 없을 정도였다. 말수가 적어 회장님의 목소리를 직접 들어본 회원이 거의 없었지만, 갸냘픈 외모와 달리 중저음의 목소리라는 소문도 파다했다.

"이후부터는 친척집을 전전하며 살았습니다. 한 학교를 쭉 다닌 적이 없었어요. 무수한 전학을 했지요. 모두가 저를 오래 키워주기 싫어했으니까요."

모두가 이진현 회장님 귀에는 들리지 않을 만큼의 한숨만 내뱉는 중이었다.

"저게 지금 슬픈 이야기예요? 창피한 줄도 모르고 정말……."

"내 말이요. 지금까지 우리가 일궈온 협회 이름에 먹칠을 하자는 거 아니오?"

여기저기서 도저히 못 참겠다는 듯 저들끼리 속닥이는 소리가 세어나왔지만, 절대 회장님 귀에는 들어가지 않을 만큼의 크기였다.

"그러다 시골 산골짜기에 사시는 할머니 댁으로 가게 되었습니다. 막냇삼촌이 데려다주었고, 손에 5천 원을 쥐여주던 기억이 나네요. 당시 할머니는 90세가 넘으셨어요."

사무국장은 더 이상 말을 잇지 못하고 울음을 참고 있었다. 하지만 눈물을 흘리지는 않았다. 오랜 시간 침묵이 흘렀다. 사람들은 다시 술렁였고, 누군가 내 마음을 대신해 이야기해주길 바라는 눈빛만 내뿜고 있었다.

"정말 슬픈 이야기로군요."

모두가 약속이라도 한 듯 벌떡 일어선 이유는, 난생처음 들어보는 이진현 회장님의 낮고 허스키한 목소리 때문이었다. 협회에 가입한 지 10년이 지나도록 한 번도 들어본 적 없었기에, 이는 무척이나 획기적인 이슈였다.

"오늘 대회는 그만해도 되겠군요. 그만하십시다."

이진현 회장님은 이 말을 끝으로 자리에서 일어났다. 과연 날렵한 뒷모습만 보면 한참 기업을 힘차게 이끌어갈 여성 사업가로 보였다.

"회장님! 저는 아직 발표를 하지 못했습니다."

"저도요, 저도 할 말이 아주 많았어요. 한 번만 기회를 주세요, 네?"

"제 이야기야말로 눈물 없이는 듣지 못하실 겁니다. 정말입니다!"

지금까지 눈치만 보던 협회 회원들이 갑자기 너도나도 손을 추켜올리며 목을 길게 내뺐다. 순서를 정할 수 없을 만큼 시끌벅적하고 우왕좌왕한 상황이 수분간 계속되었다.

　"여러분의 뜻이 정 그러시다면, 이번 경진대회를 일주일 뒤에 다시 이어서 진행하겠습니다. 단, 사무국장처럼 진심을 담은 이야기여야 합니다. 아시겠지요?"

　이진현 회장님이 이토록 긴 말을 이어간 건 협회 설립 이후 처음이었다. 수많은 언론에서 그동안 숱하게 인터뷰를 요청했지만 한 번도 응하지 않았던 이진현 회장님이었다. 회장님은 그렇게 자리를 빠져나갔고, 언제나 그랬듯 사무국장 앤디 킴이 이진현 회장님 뒤를 따랐다.

　"진심? 진심을 담으라니 도대체 그게 무슨 말이오?"

　"가난했던 이야기를 하란 뜻 같아요!"

　"가난이라고요? 전 가난해본 적이 없어서 그런 건 모르는데 어쩌죠?"

　"흠, 꼭 가난이라기보다는 외로움을 이야기하면 되지 않을까요?"

　"외로움이라면, 조금은 알 것도 같네요!"

〈누가누가〉협회 회원들은 일제히 우르르우르르 대회장을 빠져나갔다. 그리고는 각자의 차량으로 달려가서는 차 문을 닫고 기사에게 이렇게 소리쳤다.

"슬픈, 슬픈 이야기를 구해보세요! 진심을 담은 이야기요. 가난이라고 했나? 아니, 아니지. 외로움! 외로움에 관한 정말 슬픈 이야기가 필요합니다. 돈은 원하는 대로 주겠다고 하세요! 당장요!"

〈누가누가〉협회 회원들을 태운 차량들이 줄 지어 도로를 가득 채웠고, 허공 위로는 얽히고설킨 통화음들이 부딪히는 중이었다. 진심을 담은 가난하고도 외로운 그렇고 그런 이야기들이 이 사람에게서 저 사람에게로 이동하는 중이었다. ··☆

904호는 워킹 중

904호에서는 민동현 할아버지와 이진순 할머니의 토론이 한창이었다. 민동현 할아버지와 이진순 할머니는 부부 사이이고, 904호로 이사 온 지는 어언 40년이 되었다. 그러니까 쉽게 말해 이 집이 신혼집이라는 것이다. 정리하면 결혼생활 전부를 904호에서 보낸 셈이었다. 904호가 도대체 어디냐 하면, 서울특별시 강서구 1세대 아파트 로얄동 로얄층이라고 말할 수 있겠다.

40년쯤 되면 재건축 아니면 리모델링이라도 할 줄 알았는데 40년을 찍고서도 기미가 보이지 않자 매일 격렬한 토론을 벌이고 있었다.

"이것 봐봐. 여기는 안 된다니깐? 내가 40년 동안 누누이 말했잖아요. 여기는 아니야, 절대로 아니래도?"

먼저 말문을 여는 건 언제나 이진순 할머니였다. 이진순 할머니는 얼마 전 칠순 잔치를 열었는데, 대체 무슨 큰 기운을 얻었는지 60대 때보다 더 목소리가 우렁차져서는 온 동네 할머니들의 부러움을 얻는 중이었다.

"흠, 그치만 말야. 이제 곧, 그러니까 이제 몇 년만 지나면……. 여기가 로얄동 로얄층이기도 하고 말야."

언제나 말끝을 흐리는 건 민동현 할아버지였다. 말끝은 흐려도 평생 일관된 주장을 내세우는 편으로, 아마도 구순 때까지 변함없을 것이라는 게 동네 할아버지들의 일관된 의견이었다.

"허리 다 꼬부라질 때까지? 이 집 남은 빚도 빨리 청산해야지요. 어쩜 빚이 40년째 그대로야, 어휴. 로얄동 로얄층이 밥 먹여줘요? 지겨워!"

이진순 할머니는 꼿꼿한 허리를 괜시리 구부정하게 굽어 보였다.

"일부러 그랬나 뭐……. 애들 키우느라 그런 것을……."

그렇다고 민동현 할아버지가 같이 허리를 구부리지는 않았다. 이진순 할머니는 한숨을 푹 내쉬더니 더욱 더 타이트하게 기저귀를 말기 시작했다. 이제는 굳이 노력하지 않아도 기저귀를 쓰레기통으로 한 번에 골인시키는 달인이 되었다.

"골인! 골인이다! 할머니 최고!"

"고린! 고린!"

'골인'이라고 발음한 건 6세 민하윤이고 '고린'이라고 발음한 건 3세 민하경이었다. 6세 민하윤은 탄생 후 지금까지 영유아 검진에서 단 한 번도 상위 5%를 놓친 적이 없었고, 3세 민하경은 단 한 번도 하위 5%를 벗어난 적이 없었다.

"어머나, 늦둥이인가 봐요. 세상에! 귀여워라!"

"유모차 끌고 학교 등하교시키려면 힘드시겠어요."

실제로는 세 살 차이였으나 보통 눈을 가진 사람들은 다섯 살, 많게는 일곱 살 차이로 보았다. 가끔 눈썰미가 좋은 사람들이 "세 살 차이인가?"라고도 했지만, 하경이의 볼록 나온 기저귀 찬 바지를 보고는 고개를 절레절레 흔들곤 했다.

"내가 다시 해볼래요!"

"나, 나, 나!"

이진순 할머니가 기저귀 넣기 달인이 되었다고 해서 두 아이가 그 기저귀를 가만 두는 건 아니었다. 둘은 열심히 걷고 기어가 기어이 쓰레기통을 엎고는 단단하게 말린 기저귀를 꺼냈고, 다시 제자리로 돌아와 던지기를 반복했다. 그러다 보면 낮잠 잘 시간이 되었다. 겨울방학은 이제 막 시작인데, 904호는 벌써 절반은 지난 분위기였다.

"우리 논리적으로 생각 좀 해보자고요. 아파트가 딱 두 동뿐이잖아요. 아무것도 되질 않아. 여기는 틀렸어, 틀렸다고요! 빨리 논이나 정리해서 여기를 떠야 해."

두 아이들의 낮잠 시간이 되었다고 해서 이진순 할머니와 민동현 할아버지가 토론을 그만 두는 건 아니었다. 두 아이들은 할머니 할아버지를 가운데 두고 누워 한 명은 할머니 귀를, 한 명은 할아버지 귀를 만지작거렸다. 그 와중에도 6세 민하윤은 양손에 감자를 하나씩 손에 쥐고 있었고, 3세 민하경은 먹은 것도 없이 기저귀만 꽉 차서 엉덩이가 잔뜩 볼록해져 있었다.

이 둘은 아마도 5분 안에 잠이 들 것으로, 할머니 할아버지는 그때까지 화장실도 가지 못하고 가만 누워 있어야 했으니, 이것이 겨울방학 동안의 904호 첫 번째 규칙이었다.

"엄마 아빠 귀를 만져야 하는데, 이게 쪼글쪼글해서 느낌이 안 좋지?"

이진순 할머니는 두 아이들 머리를 차례로 쓰다듬으며 말했다.

"논은 말이야. 그게, 논이라는 게 조금만 지나면 말이지. 지금이랑은 다, 다르지. 암."

민동현 할아버지는 두 아이들이 잠들 때까지 천장을 향해 볼록한 배를 고정하고 작은 입만 열었다 닫았다 했다.

"또 시작이네, 시작이야. 으이구, 그놈의 논 얘기만 사십 년째야. 경비 일도 이제 아무도 시켜주지도 않잖아요. 빨리 내놓자니깐?"

아이들이 할머니 할아버지 귀 없이는 잠을 못 자도, 목소리에 잠이 깨거나 하진 않는다는 것은 천만다행이었다. 적어도 904호에 사는 사람들에게는 그랬다.

두 아이들이 쪼물락 쪼물락 할머니 할아버지 귀를 만지면 할머니 할아버지도 점점 말수가 줄어들었다. 할머니의 벌렁거리던 콧구멍이 얌전해지고, 할아버지의 볼록한 배가 천천히 위아래로 움직이면 넷은 다같이 꿈나라에 빠져들었다.

·

넷의 달콤한 낮잠을 깨운 건 이진순 할머니와 민동현 할아버지의 아들 민충효의 전화 한 통이었다.

"그래? 그래그래, 얼마나 바쁠 때니. 이럴 때 확 벌어야지. 걱정 말고 가게 마무리 잘하고 와. 둘 다 저녁 꼭 챙겨 먹어라. 알았지?"

이진순 할머니는 낮잠 같은 건 절대로 자지 않았다는 듯 평소보다 목소리를 더욱 높여 말했다.

"또 늦는다는 거야? 쯧쯧."

민동현 할아버지는 유독 아들의 전화에는 목소리가 또박또박해지곤 했는데, 아들이 방학 아니면 좀체 찾아오지 않는다는 이유에서였다.

"아니, 왜 또 입이 삐죽 나왔어요? 애들이 얼마나 힘들어 그래. 요즘 젊은 사람들이 어디 치킨집 하며 이렇게나 열심히 사는 줄 알아요? 당신도 해봤으면서 그래?"

이진순 할머니는 민동현 할아버지의 뾰족해진 눈을 더 뾰족한 눈으로 쳐다보며 소리쳤다.

"아, 아니. 내가 뭘 그랬다고……. 나, 나는 그리고 열심이었지. 애들 고생 안 시키려고 그런 건데, 하필이면 치킨이야, 치킨이. 이름은 민충효면서……."

민동현 할아버지의 말에 이진순 할머니는 아무 반격을 하지 못했다. 입을 꼭 다문 채로 돌돌 말 기저귀가 없는지 바닥을 살필 뿐이었다.

"할머니, 하윤이 유치원 언제 가요?"

6세 민하윤이 축 늘어진 원숭이 인형을 꼭 끌어 안고 말했다. 아니, 끌어안았다기보다는 불룩한 배 위에 얹어놓았다고 하는 것이 맞았다. 6세 민하윤은 할머니의 전화 통화가 끊어지기도 전에 벌써 양손 의 감자를 다 먹어치웠다. 원숭이 인형 이마에 떨어 진 작은 감자 조각이 그 증거였다.

이 원숭이 인형으로 말할 것 같으면 민하윤의 첫 번째 크리스마스 날 산타할아버지에게 받은 선물로 써, 귀와 꼬리만 벌써 다섯 번 끊어진 이력을 갖고 있었다.

"하윤이 할머니 집이 심심해서 그렇지? 크리스 마스 지나고 새해 되면, 그때 갈 수 있어. 근데 거기 선생 아직도 밥을 적게 줘? 어휴, 속상해. 밥 좀 더 달라고 했다고 그걸 안 줘? 세상에 그런 선생이 어 딨다니, 어딨어. 안 그래요?"

사실 이진순 할머니는 대체로 모든 일에 쉽게 흥 분하는 편이었지만, 특히나 하윤이 유치원 문제에는 더욱 콧구멍이 빠르게 벌렁거리곤 했다.

"네 번을 더 달라고 했다니……. 그럴 수도 있는 거 같은데, 선생님 반찬도 먹었다고……. 많이 먹긴 하지 않나?"

민동현 할아버지는 말끝은 흐려도 그 안에 꼭 자신만의 주장을 담는 장점을 갖고 있었다. 그 장점을 이진순 할머니가 싫어한다는 게 문제였다.

"아니, 한참 성장기인데 그럼 밥을 한 번만 먹어요? 다 키로 갈 텐데! 손바닥만 한 식판에 밥이 들어가면 얼마나 들어간다고, 응응? 답답한 소리 하네, 정말!"

이진순 할머니가 잽싸게 뒤돌며 말했지만, 민동현 할아버지는 3세 민하경을 데리고 화장실로 들어가 버린 뒤였다.

이진순 할머니는 아들의 해피치킨을 떠올리느라 무척 기분이 언짢은 상태였다. 그건 민동현 할아버지도 마찬가지였다. 이마 사이에 세로로 깊은 주름이 생기는 게 그 증거였다.

"아가, 변기에 쉬 한번 해보면 좋을 텐데. 기저귀는 떼야 다시 어린이집에 갈 텐데, 그치?"

이진순 할머니와 민동현 할아버지의 올해 미션은 하경이 기저귀 떼기였으나, 지난 여름방학 때 실패한 후로 아직도 하경이 기저귀를 갈아주는 처지였다.

"할머니! 할머니, 하경이 좀 보세요. 쉬했다! 쉬했

어요!"

하윤이의 박수와 환호성이 아니었다면 이진순 할머니도, 민동현 할아버지도 해피치킨의 생각에서 벗어나지 못했을 것이다.

"오메~ 우리 하경이 쉬했어? 이렇게 예쁘게 변기에 쉬를 했어? 샛노라니 예쁘다, 참 예뻐. 아이구, 내 새끼."

이진순 할머니는 기분이 좋을 때 사투리가 튀어나오곤 했다.

"여, 여보세요? 네? 네네, 제가 민동현입니다만……. 내일, 내일부터요?"

이진순 할머니는 하경이 엉덩이를 씻기다 말고는 손에 물이 젖은 채 거실로 튀어나왔다.

"어딘데요?"

"지지난 주 면접 본 아파트, 내일부터 나오라네, 흠흠."

민동현 할아버지가 두 눈을 피하지 않은 채 말을 한 번에 마친 적은 실로 오랜만이었다.

"오메~ 될 줄 알았다니까! 내년에 우리가 운이 좋으려나 봐요. 하경이는 기저귀도 떼고, 당신은 취직도 되고 말이에요. 해피치킨도 점점 바빠지잖아요. 이러다 체인점이 될지 누가 알아요? 정말이야, 내 예감은 틀림이 없다니깐!"

이진순 할머니는 하경이 엉덩이는 까맣게 잊은 게 분명했다. 진짜 그랬다.

"금목걸이가 어딨더라? 당신 내일 첫 출근할 때 금목걸이 걸고 가요. 그게 몇 돈짜린 줄 알지? 아무도 무시 못 할 거야. 근데 이러다 내년에 진짜 재건축되는 거 아니야?"

이진순 할머니는 어느새 장롱 서랍을 모두 열고 하나뿐인 닥스 남방 찾기에 열중이었다.

"할머니! 할머니! 하경이, 하경이 좀 보세요!"

이진순 할머니는 장롱 속으로 몸을 반쯤 집어넣은 상태였다.

"하경이? 내 정신 좀 봐. 하경이! 어머어머, 하경아!"

하경이는 화장실 입구에 구렁이처럼 커다란 똥을 누고는 토실토실한 엉덩이를 씰룩거리며 줄행랑을 치는 중이었다. 두 손에는 어쩐 일로 감자를 움켜쥐고 있었다. 하윤이는 이에 질세라 식탁으로 달려가 잡히는 대로 감자를 입에 욱여넣었다.

"어머나, 하경아, 아가! 지금 똥 밟은 거야? 어머어머, 세상에. 침대는 안 돼! 이 집의 첫 번째, 아니 아니지. 두 번째 규칙이야!”

갑자기 하경이가 뒤를 돌며 씩 웃더니 감자를 덥석 베어 물었다. 그리고는 안방을 향해 달리기 시작했다.

하경이 걸음이 이렇게나 빨랐던가. 네 살을 앞둔 마지막 겨울에 폭풍 성장이라도 하려는 건가. 하경이는 그 누구보다 잽싸게 904호 가득 갈색 발자국을 남기는 중이었다. 재건축이 되든 말든, 이사를 가든 말든 상관없다는 듯, 힘차고 당당한 워킹을 하는 중이었다. ‥☆

매너여왕 소연 씨의 감자마켓 이용기

서울시 광진구 구의동에 매너 온도가 매우 높아 유명해진 감자마켓 고객이 있었다. 고객들의 평가에 의하면 '시간 약속을 잘 지켜요', '상품 상태가 설명과 같아요', '매너가 좋아요', '좋은 상품을 싸게 주셨어요' 등등 모든 평점에서 최고점을 받았고, 매너 온도가 너무 높아서 그것만 보고 사람들이 덥석 줄을 서곤 했다. 게다가 닉네임마저 '소연씨'라니 사랑스럽고 소녀 같은 이미지를 떠올리느라 고객들의 경쟁이 더 치열해졌다는 소문도 있었다.

하지만 '소연씨'가 내놓은 물건들을 보면 모두가 고개를 갸우뚱하게 되니, 그것은 '뚝배기', '고가구', '항아리'는 기본이고, 지역 상품으로는 '직접 담근 고추장', '직접 만든 누룽지', '어제 한 김장김치' 등이기 때문이었다. 처음 '소연씨'와 거래하는 사람들은 친절하고 상냥한 어느 손녀가 할머니의 부탁을 들어주고 있다고 믿곤 했다.

소연 씨는 매일 아침 눈뜨자마자 감자마켓의 상

품 관리부터 시작했다. 소연 씨에게는 하루의 시작이 감자마켓이었고 하루의 끝도 감자마켓이었다. 누가 보면 감자마켓 개발자인 줄 알았을 만큼 소연 씨는 감자마켓에 온 하루를 쏟아부었다. 매너 점수를 유지하기 위한 것도 있었지만, 감자마켓이 아니었다면 울리지 않았을 휴대전화 알림음이 소연 씨의 열정을 높여주는 요인이기도 했다.

이 앱을 시작한 지는 그다지 오래 되지 않았지만 부지런한 소연 씨의 노력 덕분에 금세 고객들의 높은 평점을 얻을 수 있었고, 이제는 구의동 일대에서 가장 높은 매너 온도를 자랑하기까지 했다. 그러기까지 큰 도움을 준 사람이 있었으니, 그것은 바로 소연 씨의 매니저 역할을 톡톡히 한 남편 덕팔 씨였다. 덕팔 씨 역시 감자마켓 회원이기는 했으나 소연 씨를 위해 모든 판매 물품을 소연 씨 아이디로 몰아주던 참이었다. 하지만 덕팔 씨도 사실 불만이 이만저만이 아니었다. 특히 닉네임 문제로 둘은 자주 다투었다.

"아니, 당신은 '소연씨'고 왜 나는 '덕팔씨'요? 내가 내 닉네임 바꾼다는데 그게 그렇게 싫소?"

본인의 닉네임 본인이 바꾸는 것이 전혀 문제될 것 없을 텐데, 덕팔 씨는 이렇듯 꼭 소연 씨의 허락을 구하고자 노력했다.

"덕팔 씨를 덕팔 씨라고 하지, 그럼 뭐라고 해요?"

부부 사이에 이렇듯 서로를 존대하니, 복도를 지나는 이웃들은 이들을 신혼부부로 생각할지도 몰랐다. 하지만 놀랍게도 이들은 둘 다 칠순잔치를 마친 노부부였다. 칠순이 넘도록 부부싸움이 끊이지 않자, 최근에 '부부 규칙'을 수정해 냉장고에 붙여놓은 걸 부지런히 실천하는 중이었다. 수정된 규칙에는 '화가 날 때는 존대를 쓸 것'이라고 명시되어 있었다.

"당신은 소연 씨가 아닌데 '소연씨'라고 하잖아요. 불공평하지 않소?"

이쯤 해서 소연 씨의 정체가 밝혀지는데, 충격적이게도 소연 씨는 소연 씨가 아니었던 것이다.

"전 소연 씨 맞잖아요. 당신이 더 잘 알잖아요."

소연 씨가 덕팔 씨에게 동의를 구했지만 덕팔 씨의 행동에는 한 치의 흐트러짐도 없었다.

"모르긴 몰라도 당신이 소연 씨가 아닌 건 내가 잘 알지요."

수정된 규칙이 어떤 효과가 있는지는 모르겠지만, 여하튼 둘은 꾸준히 규칙을 적용해나갔다.

"부녀회 사람들은 이미 소연 씨에 익숙해져 있다고요. 당신만 아닌 거지."

순간 덕팔 씨의 눈이 가느다래졌다.

"지금 당신 반말한 거요?"

수정된 부부 규칙을 소연 씨가 어겼다는 이유 때문이었다.

"아니요, 제가 언제요? 요점 흐리지 말고 이름 이야기나 마저 하세요."

소연 씨의 '이야기나 마저 하세요'라는 말을 곱씹으며 덕팔 씨는 고개를 갸우뚱했고, 우리가 상의하에 정했던 그 규칙의 기준이 대체 무엇이었는지를 생각했다.

"주민등록상으로 당신은 점순 씨예요. 당신은 점순 씨이고 나는 덕팔 씨입니다."

소연 씨의 동공이 잠시 흔들렸다. 하지만 여기에서 무너질 소연 씨가 아니었다.

"당신만 반대하지 않았으면 난 벌써 주민등록상으로 소연 씨가 됐을 거예요."

덕팔 씨도 이번만큼은 양보할 수 없었다.

"아니, 나이 칠십 넘어서 개명이라니 말이 된다고 생각해? 어휴, 참 답답해서 정말!"

덕팔 씨는 말을 내뱉자마자 두 입을 틀어막았지

만 때는 이미 늦은 뒤였다.

"당신, 규칙을 어겼어요. 알죠?"

덕팔 씨는 소연 씨보다 참을성이 부족했다. 그것이 늘 덕팔 씨를 지게 만들었다.

"이왕 끝난 거 할 말은 해야. 나 원 참, 누가 칠십 넘어 개명을 해? 말이 되는 소리를 해야지, 이게 말이나 돼?"

덕팔 씨가 혀를 차는 동안 소연 씨의 두 눈에는 눈물이 가득해졌다. 덕팔 씨는 이제 항복해야겠다고 생각하면서도, 도무지 소연 씨의 생각을 이해할 수 없어서 고개를 절레절레 내젓는 중이었다.

"나는 점처럼 작게 살고 싶지 않다고요. 순할 순도 싫어, 싫다고요! 백 세 시대에 칠십이면 젊죠. 남은 삼십 년이라도 편하게 살면 좋잖아요?"

소연 씨는 위기의 순간에서도 평정심을 잃지 않고 계속해서 존대를 유지하는 힘을 가진 할머니였다. 감자마켓의 '감자!' 알림음이 아니었다면 아마도 이 게임은 끝나지 않았을 것이다.

— 두 개 모두 거래 가능할까요? 오늘 바로 쿨거래 원합니다. 네고하지 않겠습니다.

감자마켓 알림음에 소연 씨와 덕팔 씨는 모두 스톱이 되었다. 평소라면 빠른 응대를 위해 바로바로 답장했을 소연 씨가 웬일인지 생각에 잠겨 있었다. 덕팔 씨도 그런 소연 씨를 부추기지 않았다.

"어떻게 해?"

소연 씨가 규칙을 어겼다는 건 꽤나 당황했다는 증거였다. 수정된 부부 규칙을 어긴 사람이 상대에게 만 원을 주기로 되어 있었기 때문이었다. 소연 씨와 덕팔 씨는 만 원을 사이에 두고 매일 주거니 받거니 했지만, 누구도 자신이 더 많이 졌다고는 생각하지 않았다.

"팔기로 했잖아요. 알았다고 해요."

덕팔 씨의 이번 존대에는 진심이 담겨 있었다. 규칙을 깬 건 둘 다 마찬가지여서 이번 게임은 이미 끝난 셈이었다. 쿨거래 여왕인 소연 씨가 '어떻게 해?'라고 물었다는 건 그만큼 고민이 되는 상품이라는 뜻이었다. 지난번 거래에서는 소연 씨가 오래도록 아껴왔던 고가구를 팔았지만, 덕팔 씨에게 이런 질문까지는 하지 않았다. 다만 평소보다 1분 정도 더 늦게 답장했을 뿐이었다.

"두 개 다 팔아요?"

그도 그럴 것이 이번 물품은 환갑 선물로 자식들

이 선물로 사준 자전거였기 때문이었다. 십 년 넘게 탔으니 이제 됐지 싶으면서도, 이 자전거를 타고 동호회까지 가입해 매일 동으로 서로 라이딩하던 기억에 차마 답장을 하기가 망설여졌던 것이었다. 소연 씨는 좀체 뒤돌아보는 법이 없는 성격이었다. 덕팔 씨는 오히려 고민도 자주 하고 후회도 하는 성격이었지만, 소연 씨는 평생 동안 그런 법이 없었다.

"그럼 내 것만 팔아요. 당신 꺼는 놔두고."

덕팔 씨의 말은 진심이었다.

"어떻게 그래요."

소연 씨도 그 점을 잘 알았다.

— 혹시 작은 것 한 개만도 가능한가요?

다음 알림음에 소연 씨는 두 눈을 번쩍이며 빠르게 손가락을 움직였다.

— 네, 여성 자전거 말씀이시지요? 가능합니다.

덕팔 씨는 소연 씨가 갑자기 마음이 바뀐 것에 대해 의아했지만 더는 묻지 않았다.

"잘했어요. 자전거야 다음에 또 사면 되지. 애들

한테 손 벌릴 순 없잖소. 다음에는 우리 더 좋은 걸로 삽시다."

덕팔 씨는 소연 씨가 자전거 두 대를 모두 처분한다고 생각하고는, 얼마 전 자전거 전시장에서 본 신모델 자전거를 떠올리고 있었다.

"그래요, 그럼 되지요. 어차피 무릎 아파서 타지도 못했는걸. 아쉬울 게 뭐 있어요."

소연 씨는 구매자와 약속 시간을 정하고는 판매 물품을 '예약중'으로 전환했다.

"집도 다시 사면 되니까 너무 걱정하지 마요. 내가 있잖아. 나만 믿어, 최덕팔이만 믿으라고!"

덕팔 씨는 일흔을 넘기면서 부쩍 얼굴에 주름이 많아졌지만, 본인은 환갑 때 모습 그대로라고 믿고 있었다. 관리사무소에서 다음 주부터 그만 나와도 된다고 연락 온 것은 소연 씨에게 말하지 않은 상태였다.

"그럼요. 이 집이 터가 안 좋았잖아. 집은 좁아도 이사 갈 그 집이 터가 더 좋다고요. 게다가 거긴 로얄층이잖아요."

소연 씨 역시 자신의 자전거만 판매하기로 했다는 걸 덕팔 씨에게 말하지 않은 상태였다. 이사를 일주일 앞둔 주말이었고, 오늘따라 유독 4층짜리 집으로 햇빛이 들어오지 않는다고 여기던 터였다.

자전거 두 대를 판매하기로 해놓고 한 대만 판매하면 매너점수가 내려갈지도 모르지만, 소연 씨는 어쩔 수 없다고 생각했다. 텅 빈 집을 둘러보니 더이상 판매할 것도 없었다.

"이것까지만 팔고 감자마켓도 이제 그만해야겠어."

이것저것 다 팔고 텅 빈 집처럼 소연 씨 마음도 허해지는 기분이었다.

"감자마켓에서 소연씨가 얼마나 인기가 많은데 그걸 접어? 그냥 놔둬 봐."

개명이 웬말이냐며 강력하게 반대하던 덕팔 씨가 펄쩍 뛰며 말렸다.

— 안녕하세요. 혹시 고추장 아직 판매하시나요? 너무 맛있어서 추가 구매하고 싶어요.

그때 울린 감자마켓 알림음이 아니었다면 소연 씨는 당장 탈퇴 버튼을 눌렀을지도 몰랐다.

"왜? 자전거 안 사겠대?"

덕팔 씨는 내심 좋은지 미소를 감추지 못하면서 소연 씨 휴대전화를 들여다보았다.

"고추장을 더 찾네."

덕팔 씨는 약간 실망하는 눈치였지만 어느새 발걸음은 김치냉장고 쪽으로 향해 있었다.

"여깄네. 고추장! 얼마 없는데 이걸 얼마 받고 팔지?"

소연 씨는 잠시 망설이는 듯하더니 벌떡 일어나 고추장 뚜껑을 열었다.

"어휴, 이렇게 나를 찾네. 이놈의 인기! 단골 고객인데 돈을 받을 수 있나? 이번엔 그냥 쿨드림해야죠! 매너여왕인데 그쯤 못하겠어요?"

— 혹시 누룽지 추가 구매 가능한지 여쭙습니다. 정기구매 여부도 궁금합니다.

또 다른 구매자의 감자마켓 알림을 시작으로, 소연 씨의 휴대전화는 진동으로 요동치기 시작했다. 소연 씨와 덕팔 씨는 엉덩이를 내뺀 채 김치냉장고를 뒤적이느라 시간 가는 줄 몰랐다. 자전거를 판매하기로 한 시간이 다가오는 중이었고, 소연 씨는 자신을 애타게 찾는 단골 구매자들을 위해 감자마켓을 탈퇴하지 않기로 마음먹는 중이었다. ··☆

곱슬머리 팀에 들어오려면

내가 처음 이 마을에 이사 온 날이었어. 읍내 구경을 가고 싶었고, 시골 버스가 궁금했지. 그런데 아무리 찾아도 버스 표지판이 보이지 않았어. 그럴 수밖에. 마을 한가운데에는 작은 냇가가 길게 흐르고 있었고, 건물이라고는 2층짜리 노인정 하나, 그 옆은 간판도 없는 슈퍼뿐이었으니까. 그 사이에 정자가 있어서 그나마 앉아서 생각이란 걸 할 수 있었지.

"여다."

"네?"

"여다. 여가 거다."

슈퍼 주인인 듯한 곱슬머리 할머니가 짧게 한 마디 내뱉고 지나가셨지. 여가 뭐고 거는 또 뭘까 생각하고 있는데, 정자 앞으로 다 부서질 것 같은 버스가 오는 거야. 난 깨달았어. 여가 거구나. 그날부터 난 많은 걸 깨닫는 어린이가 되었지.

깨달음은 최소한 하루에 하나씩 찾아왔어. 다음

날, 나는 또 읍내 구경을 하러 정자에 앉아 버스를
기다렸지.

버스는 하루 두 대뿐이었어. 읍내로 나가는 버스,
읍내에서 들어오는 버스. 둘 중 하나라도 놓치면 나
가지도, 들어오지도 못하는 거야. 읍내 말고는 갈 곳
이 없어서, 나는 매일 정자에 앉아서 버스를 기다렸
지. 놓치지 않아야 하니까 항상 30분씩 일찍 가 있
었어. 그러다 깜빡 잠이 들기도 했어.

"서울 아다."

"아이다, 미쿡 아다."

"서울에서 태어났고, 미국에서 자랐으니 둘 다
다!"

"오목이조목이한 것 봐봐라. 하이고마, 머리통도
쪼깐하다."

"피부 쪼끔 만져봤음 싶구먼. 번들번들하데이."

"아 깰라, 조용, 조용히 캐라!"

'조용히 캐라!'라는 말에 나는 눈을 번쩍 떴어. 그
리고 새로운 깨달음 하나를 만났지. 세상에 이렇게
나 많은 곱슬머리 할머니들이 있을 수 있구나! 내가
지금까지 만나온 할머니들을 다 합친 것보다도 많
은 할머니들 얼굴이 내 위로 우르르 쏟아져 내릴 것
만 같았지. 하지만 그런 일은 일어나지 않았어.

"누 집 손녀고? 저짝이가?"

"이짝이다. 이짝."

"이짝 아이다. 조짝으로 들락거리는 거 봤다 아이가."

"저짝도 아이고 이짝도 아이고 조짝도 아이다."

"그라면 어덴데?"

"그짝이다."

"아~ 그짝!"

•

할머니들 사이에는 비밀 언어가 있었어. 그 언어를 배우면 할머니들의 암호 같은 대화를 다 해석할 수 있었지. 열쇠 같은 거야. 그 열쇠만 있으면 할머니들의 모든 마음을 다 알 수 있는 거지.

곱슬머리 할머니들은 매일매일, 하루 종일 빠지지 않고 정자를 꽉꽉 채웠어. 가끔 한 곱슬머리 할머니가 일어나 터덜터덜 어디론가 가고, 좀 이따 또 다른 곱슬머리 할머니가 슬렁슬렁 오기도 했지만, 아까 그 곱슬머리가 이 곱슬머리와 같은지 다른지는 구분할 수 없었어.

"새로 생긴 목욕탕이 어데고? 내는 못 찾겠데이."

"버스 내려서 곧장 가면 된다카이."

"절로 돌아가도 된데이!"

"조~리로 가도 나올 낀데."

"아고, 복잡케도 설명한데이! 젤로 쉬운 길을 두고!"

"젤로 쉬운 길이 어덴데?"

"글로 가면 된다 안 카나!"

"아~ 글로!"

●

매일매일 정자에 앉아 매일매일 곱슬머리 할머니들의 대화를 듣는데도 도무지 알아듣질 못하니 내가 얼마나 답답했겠어? 종일 만나는 사람이라고는 곱슬머리 할머니들뿐인데 말야.

할머니들이 내게 뭘 물어도 난 대답할 수 없고, 할머니들한테 뭘 물어도 난 그 대답을 알아들을 수가 없는걸.

차라리 미국에 있을 때가 나았지! 내가 영어를 잘하면 뭐해? 곱슬머리 할머니들은 영어를 못하고, 필요도 없는걸.

난 곱슬머리 할머니들의 비밀 언어를 깨우쳐서

이 마을의 모든 대화를 다 알아들으리라 다짐, 또 다짐했어. 엄마가 미국에서 금방 일을 마무리하고 데리러 오겠다고 했지만, 난 알았어. '금방'은 정말 기나긴 시간임을. 그러니 할머니들의 비밀 언어를 꼭 깨우쳐야 했지.

할머니들의 비밀 언어를 터득하기로 마음먹자 신기하게도 내 귀가 조금씩 밝아지기 시작했어.

"아 엄마는 언제 오는교?"

"저짝에서 이짝까지 뱅기로 곰방 온다 안 카나."

"곰방은 먼 놈의 곰방? 뱅기서 열빰도 더 잔다 카더라."

"열빰? 무식한 소리 칸다. 그런 뱅기 누가 타노? 하루면 온다 카더라."

"아고고, 이 할망구 노망났나. 미국이라 안 카나, 쭝국이 아이고."

"그니까네. 조짝에서 이짝이니 하루제 하루."

"또또또, 아는 첵들 한데이. 내 언니네 친구네 오빠가 미국 안 사나. 글케 안 걸린다 카더라."

"그람 을매나?"

"거서 거다."

"아~ 거!"

어느 날엔가는 곱슬머리 할머니들의 대화를 듣다가 버스를 놓쳤지 뭐야. 또 졸았느냐고? 아니, 할머니들 대화가 슬쩍슬쩍 들리기 시작하니 그게 참 재미지더라고.

읍내에 가서 할아버지 옆에 가봐야 가만 앉아 바닥에 그림밖에 더 그리겠어? 게다가 할아버지 옆에서는 고구마나 감자만 먹을 수 있었지만, 곱슬머리 할머니들 옆에 있으면 박씨 할머니가 만든 쑥떡, 최씨 할머니가 만든 강정, 노씨 할머니가 만든 콩국수도 먹을 수 있었거든. 뭐니 뭐니 해도 그중 최고는 슈퍼집 민씨 할머니가 주는 아이스크림이었지만!

"감사합니다, 박씨 할머니!"

"내는 최가라."

"감사합니다, 노씨 할머니."

"내가 박씨데이."

"감사합니다, 민씨 할머니."

"아이고, 내는 노씨다."

곱슬머리 할머니들 성 맞추기는 늘 어려웠지만 할머니들은 소리는 질러도 화는 내지 않았지. 내 머리를 쓰다듬어주는 곱슬머리 할머니들을 보고 있으면 조용한 목소리로 화내던 엄마가 떠오르기도 했어.

그럴 때마다 난 열심히 쑥떡과 강정과 콩국수, 그리고 아이스크림을 먹어 치웠지. 그럼 배가 불러서 금방 잠들 수 있었거든.

"아이고, 왜케 늦었노? 없으니 서운하데이."

"어제는 와 몬 왔노? 너그 할배 읍내 안 갔드나?"

"이제 걷지도 못 허지만 누가 팔아주겠노. 빨리 너그 엄마가 와얄 텐디."

"곰세 오겠나?"

"고만해라카이. 아 듣는 데서 몬 소리고."

"아는 사투리 모른데이, 그자?"

곤란할 땐 역시 먹는 게 최고지. 나는 다 먹은 아이스크림 막대기를 쪽쪽 빨았어. 그럼 슈퍼집 민씨 할머니가 사탕을 줄지도 모르니까! 슈퍼집 민씨 할머니의 오른손 엄지손가락에 커다란 점이 하나 있거든. 그걸 보고 "감사합니다, 민씨 할머니!"라고 정확하게 성을 맞추면 사탕을 두 개도 준다고!

•

이 마을의 가장 큰 행사는 바로 어버이날이야. 마을의 모든 곱슬머리 할머니들이 노인정을 가득 채

운 모습, 상상만 해도 재밌지 않니?

곱슬머리라고 해서 다 같은 곱슬머리가 아니더라고. 새카만 곱슬머리, 밤색 곱슬머리, 엄마처럼 황토색 곱슬머리도 있더라고. 미국에서 만난 흑인친구처럼 심한 곱슬머리도 있고, 바비인형처럼 부드러운 곱슬머리도 있었지. 길이만 길면 딱 엄마 머리랑 비슷하겠더라.

원래는 어버이들한테만 음식을 대접하는 날이라지만, 나는 이제 곱슬머리 할머니들과 한 팀이니까 상관없어.

할머니들 사이에 책받침처럼 쭉 뻗은 내 생머리는 튀어도 너무 튀었지만, 아무도 내 머리를 갖고 뭐라 하지 않았지. 나는 할머니들처럼 가슴에 카네이션을 꽂고 고깃국에 동그랑땡을 먹었어. 할머니들이랑 같이 노래도 부르고 춤도 추었어. 마치 할머니가 된 기분이었지.

노인정에서 할머니들이랑 어버이날을 보내면서 나에게도 처음으로 꿈이 생겼어. 박씨 할머니, 최씨 할머니, 노씨 할머니, 민씨 할머니처럼 멋진 곱슬머리를 가진 곱슬머리 할머니가 되고 싶다는 꿈! 이 세상에서 가장 빠글빠글한 노랑머리 곱슬 할머니!

"왜케 늦었노? 할매들 목 빠지면 큰일난데이."

"아이고, 할무이요~ 오늘 무지 바쁜 날 아닌 겨. 이해하소!"

"오야, 이해하제. 어서 시작하제이."

"할무이요~ 물이라도 쫌 주이소!"

"아이고, 물이라니 오렌지 쥬수 무야지! 두 컵 무라!"

어버이날의 꽃은 뭐니 뭐니 해도 곱슬머리 미용사 아저씨였지. 저녁시간이 다 되어 가는데도 곱슬머리 할머니들이 집에 가지 않던 이유가 바로 이거였어. 곱슬머리 할머니들보다도 더 탱글탱글하고 반짝반짝한 곱슬머리를 가진 아저씨가 정자 앞쪽에 의자를 두자, 마을의 모든 할머니들이 열 맞춰 줄을 섰지.

진짜 굉장했어. 할머니들이 얼마나 많았는지 마을 가운데 흐르는 냇가를 따라 이쪽에서 저쪽까지 늘어서 있었다니깐!

"보소! 아 먼저 해주소! 이 아도 우리 팀 아이가, 맞제? 알제?"

"아이고, 아는 사투리 모른다 안 카나."

"아라고 무시하나? 아도 다 안데이! 아가 더 잘 안데이. 그제? 알제?"

"아이고 곱네. 아저씨 꼽실이 잘한다! 우째 해줄까? 이래 할 끼가, 저래 할 끼가, 조래 할 끼가?"

나는 정자에 가만히 앉아 생각이란 걸 했지. 진짜 내 꿈에 대해서 말이야.

"그래 해주이소!"

그러자 마을의 무수한 곱슬머리 할머니들이 꼽실이가 풀어져라 깔깔대며 웃었어. 우린 진짜 한 팀이란 뜻이었지.

우리가 진짜 한 팀이 될 수만 있다면, 엄마가 곰세 오지 못해도 괜찮을 것 같아. ··☆

나는야 무지개빌라트의 행운아

등촌동 오거리의 무지개빌라트를 모른다면 동네 토박이가 아닌 것이 분명했다. 등촌동 안에 오거리는 몇 없기도 하거니와 '빌라트'라는 이름을 가진 건물이 아직도 존재한다는 건 스쳐 지나가는 사람들도 놀랄 일이었다. 등촌동이 서울 끄트머리에 있는 동네이긴 했지만 뒤늦은 개발로 서울에서 가장 세련된 신도시로 탈바꿈했기에, 30대 신혼부부들이 신혼집으로 선택하는 곳이었다.

삼천 세대가 넘는 아파트들이 즐비하고 아파트 위로 자동차 한 대 지나지 않는데, 정리되지 않은 복잡한 오거리와 그 속의 무지개빌라트는 어울리지 않았다. 게다가 등촌동의 모든 도둑고양이들이 죄다 모인 듯 밤마다 울어대는 통에 민원도 많았다. 등촌동의 세련된 신도시에 입주한 사람들은 일부러 그 오거리를 피해 빙 돌아 다니곤 했다.

무시받는 것은 무지개빌라트뿐만이 아니었다. 무지개미용실과 무지개족발, 무지개부동산 사장님들

도 신도시 상가 사장님들에게 무시 아닌 무시를 받
곤 했다. 무지개빌라트 옆에 붙어 있다는 이유만으
로 그랬다.

무지개빌라트는 3층짜리 건물로 입구가 다섯 개
나 이어져 있었는데, 단 한 동뿐이라는 것이 늘 문
제였다. 재건축할 때 옆 아파트들과 같이 묶일 거라
고 호언장담하던 이성숙 할머니는 30년째 무지개빌
라트 재건축위원장이었다. 회원은 없었으니 위원장
이라고 하기도 뭣했지만 이성숙 할머니는 늘 지갑
에 '무지개빌라트 재건축위원장'이라고 적힌 오래된
명함을 품고 다녔다.

"언제 누굴 만날지 모르잖아요."

이성숙 할머니가 만나는 사람은 사실 거의 없었
다. 무지개미용실 사장님과 무지개족발 사장님, 몇
해 전 크게 다툰 뒤로 요즘은 발길이 뜸한 무지개부
동산 사장님뿐이었다.

"만나긴 우리가 다 늙어 누굴 만나겠어. 자식들도
다 떠난 마당에. 이제 그만하면 됐어, 됐다구. 그 낡
은 명함 이제 좀 버려요."

그리고 한 명 더, 김동안 할아버지까지였다. 이성
숙 할머니와 정반대의 이름을 가진 김동안 할아버
지는 이름과는 달리 동안이 아니었다. 오히려 제 나

이보다 훨씬 더 들어 보여서, 처음 보는 사람들은 이성숙 할머니와 부부 사이라고는 믿지 않았다.

그건 이성숙 할머니도 마찬가지였다. 이성숙 할머니가 동안이 아니었다는 것이 아니라, 이름과 달리 전혀 성숙하지 않은 외모를 가져서 학창시절 내내 놀림을 받아왔던 것이다. 어려 보이는 것이 뭐가 문제냐고 반문하는 사람들도 있겠지마는, 문제는 이성숙 할머니가 초동안 외모를 가지고 대표직 맡기를 좋아했다는 것이다. 재건축위원회도 그렇게 만들어졌다. 무리 중에 가장 어려 보이는 이성숙 할머니가 자꾸 대표직을 고집하니, 회원들이 하나둘 떠나버린 것이었다.

지금은 이성숙 할머니 혼자 모든 업무를 다 해내고 있었다. 이렇게 말하면 엄청난 업무가 있는 것 같지만, 1년에 몇 차례 전달되는 재건축 관련 소식지를 메일로 받아 출력해두는 것 정도였다. 사실 수십 명의 회원들이 전부 이성숙 할머니가 성숙하지 못해서 나간 것은 아니었고, 아무리 시간이 흘러도 재건축 기미가 보이지 않으니 하나둘씩 이사를 가버린 것이 가장 큰 원인이었다.

이성숙 할머니와 김동안 할아버지는 무지개빌라트의 최초 입주 세대였다. 무려 50년이 지났으니,

그야말로 장수 주민이었다. 지금까지 수백, 수천 가구가 이사를 오갔지만 이성숙 할머니와 김동안 할아버지만이 유일하게 자리를 지키는 중이었다.

"어머, 자기야. 여기 정말 너무 좋다. 이 집이 내 집이면 너무 좋겠다."

이성숙 할머니는 20대 중반에 중매로 김동안 할아버지를 만났고 2년의 열애 끝에 결혼에 골인했다.

"성숙아, 그렇게 마음에 들어? 성숙이가 좋으면 나도 좋아."

당시 무지개빌라트는 등촌동 내의 최고급 신식 빌라로 신혼부부들의 로망이었다. 분양권을 가진 사람들이 웃돈을 받고 판매해도 충분히 가치 있는 곳으로 입소문이 자자했다. 당시 빌라와 아파트의 합성어인 '빌라트'를 제일 먼저 도입한 곳이라고 뉴스 메인에 뜬 적도 있었다.

"정말? 그럼 우리 여기서 사는 거야? 오빠 최고! 난 정말 여기 너무 느낌이 좋아. 무지개빌라트라니, 이름도 진짜 고급지지 않아?"

이성숙 할머니와 김동안 할아버지는 그렇게 무지개빌라트 1세대 입주민이 된 것이었다. 주변 사람들의 부러움을 한 몸에 받았고, 뉴스에서나 보던 그

집 구경 한 번 해보고 싶다며 지인들이 양손 가득 선물들을 들고 쉼 없이 찾아오던 날들이었다.

그렇게 등촌동을 빛내던 무지개빌라트가 50살이 되더니 이성숙 할머니와 김동안 할아버지처럼 낡고 힘이 없어져버렸다. 애매모호한 위치에 규모도 적은 곳을 누군가 선뜻 투자하려고 하지 않았다. 그토록 많은 사람들이 주말마다 이성숙 할머니와 김동안 할아버지를 찾아왔지만, 이제는 아무도 찾아오지 않는 것처럼 말이다.

신도시 엄마들의 핀잔에 못 이겨 젊은 부부들이 모두 떠나는 바람에 이젠 마당에서 공 차는 아이들도 발견하기 어려웠다. 놀이터의 시소와 미끄럼틀은 손 닿으면 금방이라도 부서질 것 같았고, 바닥은 모래보다 담배들이 더 많았다. 다른 곳은 모두 심각한 주차난이라는데 무지개빌라트만이 넉넉한 주차 공간을 자랑했다. 주말이 되어도 누구도 놀러오지 않았고 누구도 놀러가지 않아서, 늘 주차장에는 같은 차들만 제자리를 지켰다.

그렇고 그런 일상에 번개 같은 사건이 벌어졌으니, 그것은 어느 날 걸려온 낯선 전화 한 통에서 시작되었다.

"이성숙 할머님 휴대전화 맞나요? 무지개부동산 통해서 소개받고 전화드려요."

이성숙 할머니는 무지개부동산 사장님과 목청 높여 싸우던 기억을 접고는, 드디어 올 것이 왔구나 생각하며 오래된 재건축 관련 전단지를 만지작거렸다.

"예예, 맞습니다. 제가 이성숙입니다. 어디시지요?"

이성숙 할머니는 확신에 차올라 허리가 점점 꼿꼿해지는 중이었다. 김동안 할아버지의 가슴도 벅차오르기 시작했다.

"네, 무지개부동산에서 베이비시터 명함 보고 연락드려요. 혹시 다음 주부터도 가능하실까요?"

이성숙 할머니의 눈동자가 심하게 떨렸고, 통화 내용을 들을 수 없는 김동안 할아버지는 가슴이 쿵쾅거릴 뿐이었다. 이성숙 할머니는 아주 옛날 무지개부동산에 베이비시터 일자리 연결을 부탁한 일을 떠올리며 눈을 질끈 감았다. 한때 야심찬 마음으로 베이비시터 회사에 소속돼 교육을 받았지만 급작스런 무릎 수술을 뒤로 꿈을 접은 바 있었다.

그렇게 해서 이성숙 할머니는 단 한 번의 짧은 면접을 초고속으로 통과하고 베이비시터에 고용된 것이었다. 늘 멀리서만 바라보던 3천 세대의 신도시 아파트에 발을 들이게 된 것도 꿈만 같은데, 단지 안에서도 가장 큰 평수에 구조 좋기로 소문난 곳이 당첨될 줄은 생각지도 못한 일이었다.

"아니, 나이는 안 물어봤으려나? 요즘은 베이비시터 50대 이상은 싫어한다던데…….."

이성숙 할머니와 실제로는 두 살 차이밖에 나지 않지만, 밖에 나가면 열 살에서 열다섯 살 차이로도 보는 김동안 할아버지가 미간에 잔뜩 힘을 준 채 말했다.

"나이는 안 물어보죠. 누가 절 60대로 보나요? 호호."

이성숙 할머니의 동안 얼굴이 큰 장점으로 작용한 사례였다. 여하튼 김동안 할아버지는 이성숙 할머니의 출퇴근길을 굳이 함께 따라다녔고, 입주민들만 들어갈 수 있다는 그 신도시에 특별 손님처럼 입장할 수 있었다.

"사람 일 알 수 없다더니, 우리가 이런 식으로 호강을 다 하네요."

이성숙 할머니는 밤마다 호화스런 대저택에 대해 종알종알 설명했고, 김동안 할아버지는 등을 돌려 잠든 척 뜬눈으로 밤을 지새웠다.

"우리라뇨. 당신만 호강이지, 나는 내내 혼자 여기 있어야 하잖소."

이성숙 할머니를 데려다주고 혼자 약수터로 뒤돌아서는 김동안 할아버지의 등은 이전보다 더욱 굽어 있었지만, 60대임에도 불구하고 70대로 보이는 외모 때문에 아파트 경비 면접이 번번이 낙오되는 중이었기에 말릴 수가 없었다.

이성숙 할머니의 베이비시터 일은 생각보다 수월했다. 세 살배기 여자아이는 순한 편이어서 처음부터 낯도 가리지 않았고, 무엇보다 먹성이 좋아 애 태울 일이 적었다. 먹성이 좋으니 낮잠도 잘 잤고, 낮잠을 잘 자니 놀기도 잘 놀았다. 조금 칭얼대면 잠시 만화를 보여주면 되었다. 집은 컸지만 워낙 관리가 잘 되어 있는 집이라 청소할 것도 별로 없었다. 하지만 모든 일이 그렇듯 순조로울 수만은 없는 법. 첫 번째 사건의 발단은 만화에서 시작되었다.

"이모님, 오늘 혹시 아이에게 만화 보여주셨나요? 제가 처음 계약할 때 만화는 보여주지 말아달라고 부탁드린 것 같은데요."

이성숙 할머니는 여러 차례 죄송하다고 고개를 숙였다. 그걸로 끝날 줄 알았는데, 본래 사건이란 한 번으로 끝나지 않는 법.

"이모님, 혹시 아이 이유식에 간장 넣으셨나요? 제가 이 소금이랑 참기름만 넣어달라고 말씀드린 것 같은데요."

이성숙 할머니가 동안인 건 사실이었지만 기억력까지 동안은 아니었기에, 그것이 간장이었는지 소금이었는지 아니면 설탕이었는지 정확히 기억하기가 어려웠던 것이다. 하지만 이성숙 할머니는 자신의 동안 외모가 들통날까 봐 최선을 다해 또 사과했다.

"이모님, 혹시 오늘 아이 돌보는 동안 핸드폰을 오래 보셨나요?"

"이모님, 오늘 혹시 아이 앞에서 사투리를 쓰셨나요?"

"이모님, 혹시……."

'이모님 혹시'는 유행어처럼 퍼져 하루에도 수십 번씩 이성숙 할머니의 머릿속을 들락날락했다. 동안 외모를 자랑하던 이성숙 할머니는 베이비시터 일을 시작한 지 한 달도 되지 않아 동글동글한 볼살이 쏙 빠진 데다 없던 미간 주름도 생겨, 밤이면 제법 제 나이처럼 보이기까지 했다.

"당신, 요즘 어디 아픈 거 아니오? 얼굴이 부쩍 늙었어요."

김동안 할아버지는 가끔씩 단어 선택을 잘못하는 경우가 있었고 그때마다 이성숙 할머니가 바로바로 지적하는 편이었지만, 이제 이성숙 할머니에게는 그럴 힘도 남지 않은 모양이었다. 자기 전에 곶감 하나씩을 먹고 자는 버릇이 있었는데 안 먹은 지 오래였고, 씻지도 않고 바로 누워 잠자리에 드는 일이 많았다. 화장도 제대로 지우지 않고 잠이 들었으니 얼굴에는 트러블이 가득했고, 아침마다 잠이 부족해 허둥지둥 나가다 보니 썬크림도 자주 빼먹는 바람에 기미도 부쩍 많아진 터였다.

　　반면 김동안 할아버지는 좀체 집 밖에 나가지 않는 집돌이였는데, 이성숙 할머니 따라 신도시 땅을 밟아보고자 아침저녁으로 걷기 운동을 하는 중이었다. 게다가 아침에 나가서 곧바로 다시 집으로 돌아오기가 뭣해서 늘 약수터로 향하곤 했는데, 처음에는 약수터까지만 갔던 것이 점점 시간이 길어지더니 첫 번째 봉우리 꼭대기를 찍고 오기도 했다. 그렇게 해서 집에 도착하면 없던 입맛이 돌아와 있어서 된장찌개에 밥 두 그릇도 뚝딱했던 것이다. 평소 입 짧기로 둘째가라면 서러운 김동안 할아버지였는데 꼬박꼬박 끼니를 챙겨 먹으니 혈색이 좋아졌고, 얼굴도 동그래져서는 주름이 제법 옅어 보이기까지 했다. 게다가 오전 내내 걷기 운동을 하는 셈이니 볼록했던 배가 쏙 들어가고 팔다리에 없던 근육까지 생기는 느낌이었다. 김동안 할아버지는 자신의 모습을 거울로 바라보며 자주 흐뭇한 미소를 지었다.

"요즘 당신 모습 보면 50대 때 생각나요. 그때만 해도 우리 괜찮았는데요."

이성숙 할머니는 튼실했던 자신의 허벅지를 그리워하며 말했다. 바지가 헐렁해져서 맞는 옷이 없던 중이었다.

"허허, 내가 50대 때 좀 멋있었죠! 그때 조금 더 버텨서 한두 해라도 늦게 퇴직했으면 좋았을 텐데……."

둘은 맞장구치며 웃다가도 얼핏 떠오르는 순간의 기억들을 지우지 못해 잠을 이루지 못했다.

고단한 시간은 가속도가 붙는 법, 어느새 한 계절이 훌쩍 흘러가 있었다. 이성숙 할머니는 이제 누가 봐도 60대를 훌쩍 넘긴 것으로 보였고, 김동안 할아버지는 정말 50대로 되돌아간 듯했다. 주말에 둘이 마트라도 가면 직원들이 하나같이 입 모아 이렇게 말했다.

"어머, 연상연하 커플이신가 봐요. 세상에! 정말 신세대시네요!"

이성숙 할머니는 몹시 속이 상했지만 무어라고 반박할 수 없었다. 스스로 봐도 자신이 더 누나같아 보였기 때문이었다. 한 번 생긴 기미는 사라지지 않았고, 한 번 자리 잡은 주름도 점점 깊어만 갔다. 김동안 할아버지가 부축하다시피 데려다주지 않으면 아마 아파트까지 훨씬 오랜 시간이 걸렸을지도 몰랐다.

"여보, 괜찮아요? 힘들면 좀 쉬는 게 좋겠는데……."

이성숙 할머니가 베이비시터 일을 시작한 뒤로 김동안 할아버지는 자주 말끝을 흐리곤 했다. 어느새 입버릇이 되어버린 것도 같았다.

"괜찮아요. 이따 봐요."

이성숙 할머니는 괜찮지 않은 표정으로 괜찮다 말하며 뒤돌아섰다. 김동안 할아버지는 그날만큼은 바로 뒤돌지 못하고 오래도록 그 자리에 서서 이성숙 할머니가 가는 길을 바라보았다. 그저 말 없이 근처에 있는 벤치에 걸터앉아 긴 한숨을 내쉬었다. 그리고 고개를 들었을 때, 옆에 있는 게시판에 〈경비원 구함, 60대 환영〉이라는 공고를 운명처럼 맞닥

뜨린 것이었다. 김동안 할아버지는 유리에 비친 자신의 얼굴을 바라보며, 이번에는 왠지 합격할 것 같다고 생각했다.

"여보세요? 경비원 구하는 공고 보고 연락드렸습니다. 예예, 60대 맞습니다. 무척 건강하고요."

그렇게 해서 김동안 할아버지는 면접 날을 잡았고, 그날 밤 이성숙 할머니와 곶감을 먹으며 오늘의 이슈를 발표해야겠다 마음먹고 있었다.

"여보, 당신한테 할 말이 있소."

김동안 할아버지는 순간 면접관 앞에서 당당하고 자신감 넘치는 자신의 모습을 상상했다. 면접관이 김동안 할아버지의 당찬 모습을 보고 '합격!' 하며 손을 들어줄 것만 같았다. 도무지 입가의 미소를 감출 수가 없었다.

"뭔데요?"

김동안 할아버지의 밝은 표정에 이성숙 할머니는 순간 입맛이 돌아 자신도 모르게 곶감을 한 입 베어 물었다. 여기저기 상처투성이인 나무껍질 같은 두 손이 곶감과 제법 잘 어울려 보였다.

김동안 할아버지는 다시금 심호흡을 하고 등을 쭉 편 채 말했다.

"여보, 우리 다시 시작할 수 있겠어요. 내가 그 신

도시 경비원으로 취직할 것 같소!"

이성숙 할머니는 먹던 곶감을 바닥에 떨어뜨리고 말았다.

"어머, 정말요? 그게 진짜예요? 거기는 자격증 한두 개로는 어림도 없다던데, 정말 된 거예요? 어머 어머! 이게 웬일이래요!"

이성숙 할머니가 손에 들고 있던 곶감을 접시에 내려놓고 엉덩이를 들썩이자 김동안 할아버지는 곧바로 이성숙 할머니 손을 감싸 쥐었다.

"이게 모두 당신 덕분입니다. 당신이 베이비시터 일을 한 덕에 내가 건강을 되찾았어요. 마음까지 젊어진 기분이에요. 내가 열심히 일할게요. 조금만 기다렸다가 우리 이 무지개빌라트 시원하게 팝시다. 그리고 저 신도시로 이사 가는 거예요. 허허허."

"호호호, 농담도 참. 생각만 해도 너무 시원하네요! 말이라도 고마워요!"

이성숙 할머니는 말은 그렇게 했어도 마음속으로는 벌써 가구 배치를 떠올리고 있었다. 베이비시터 월급과 경비원 월급을 합치면 얼마나 될지, 그중 얼마를 저축하면 좋을지를 생각하느라 입에 있던 곶감이 바닥에 떨어진 줄도 몰랐다.

"우리도 이제 신도시 입주민입니다! 드디어 우리

에게도 복이 오려나 봅니다. 우리가 무지개빌라트의 마지막 행운아예요!"

　오랜만에 들어보는 김동안 할아버지의 호탕한 웃음소리에 이성숙 할머니는 마음이 설레었다. 밤이 깊도록 둘의 대화 소리는 잦아들지 않았고, 유독 달빛마저 환한 여름밤이었다. 무지개빌라트 담벼락을 걷는 도둑고양이들이 고개를 내빼고 노부부의 집을 들여다보고 있었다. '80대도 훌쩍 넘어 보이지 않아?'라는 표정으로 야옹거리면서 노부부의 집을 떠나지 않았다. 두 노인의 곶감 씹는 소리가 등촌동 오거리를 거칠게 채우는 중이었다. ··☆

신호를 주세요

이마가 좁고 배가 넓은 주방장 아저씨는 사투리가 심해요. 발 냄새도 고약하죠. 발 냄새가 고약한 걸 어떻게 아느냐고요? 양말 신고 운동화 신었을 때는 말할 것도 없고, 맨발로 주방 바닥을 물청소할 때에도 물줄기 따라 고린내가 진동하거든요.

물청소할 때도 발 냄새가 나는 사람은 아저씨밖에 없을 거예요.

"앗! 아저씨~ 제발 발 좀 씻어요!"

그러면 아저씨는,

"머카노! 아저씨 발이 을~매나 향기로운데!"

하며 저한테 고린내 담긴 물줄기를 뿜어대죠. 이럴까 봐 아무 말 안 하려고 했는데, 아저씨 발 냄새를 맡으면 저도 모르게 말이 쏟아진다니까요.

다른 아저씨들도 이마가 좁고 배가 넓어요. 아, 새로 온 아저씨만 이마가 길고 배가 좁네요.

손님이 없을 때면 새로 온 아저씨만 빼고 나머지 아저씨들끼리 모여 심한 사투리로 대화를 해요. 싸우는 것 같기도 해서 보면 얼굴은 늘 웃고 있어요.

"아저씨는 몇 살이에요? 주방장 아저씨보다 어리죠?"

이마가 길고 배가 좁은 새로 온 아저씨는 대답 대신 사탕을 주었어요. 나는 사실 새로 온 아저씨 나이가 궁금하지 않았어요. 아저씨가 심심할까 봐 일부러 말 걸어준 건데, 아저씨는 원래 말하는 걸 안 좋아하는가 봐요.

아빠도 말하는 걸 안 좋아했는데, 그런 사람들이 많은가 봐요. 어쨌든 대답 대신 사탕을 얻었으니 그걸로 됐어요!

"아이고, 또 노래방이여? 지금 시간이 몇 신데 노래방이여. 피곤하지도 않나봐들."

할머니는 고무장갑을 뒤집어 탈탈 털었어요. 이제 끝났다는 신호죠. 깜빡하면 또 잠들 뻔했는데 다행이에요. 나는 이제 초등학생이어서 할머니가 업기엔 너무 무겁댔어요.

"업히, 업히! 아저씨 힘 세데!"

내가 소파에 기대 꾸벅꾸벅 졸면 주방장 아저씨가 업어줬어요. 가게 문을 닫고 아저씨 등에 업혀 열 걸음을 가면 새벽까지 하는 칼제비집이 나와요. 육교 밑인 데다 천막이 쳐져 있어서 국물을 마시면 아주 춥지는 않아요.

우리는 그곳에 나란히 앉아 늘 칼제비를 먹고 헤어졌어요. 아, 새로 온 아저씨만 빼고요. 칼제비를 먹으면 소화가 안 된다네요. 이마가 길고 배가 좁은 사람들은 모두 칼제비를 안 좋아하는 걸까요? 우리 아빠도 새로 온 아저씨랑 비슷하게 생겼는데 그 집 칼제비를 그렇게 싫어했어요.

그렇게 나는 밤마다 할머니를 만나러 갔다가 아저씨들과 육교 아래에서 칼제비를 먹고 집으로 갔어요. 지난번에는 칼제비집 의자 위로 꽃잎이 떨어졌는데, 요즘은 눈이 쌓여 있네요.

"할매요! 연말인데 우리도 송년회 함 하제! 아도 스트레스도 좀 풀꼬! 니도 좋제, 노래방? 가봤나?"

"아이고, 허구헌 날 가면서 무슨 송년회 핑계여들? 크리스마스이브라고 가고, 크리스마스라고 가고, 크리스마스 다음 날이라고 가지 않았어들? 아이고 대단혀, 대단혀."

나는 속으로 '가요, 가요, 노래방 가요!'라고 외쳤지만 할머니 귀에는 들리지 않았겠죠. 할머니는 내일 아침 일을 가야 하고, 나는 학교를 가야 하니까요.

"아이고 참, 할매요! 할매도 노래방 가서 스트레

138

스도 좀 풀꼬! 아도 스트레스도 좀 풀꼬, 응응?"

"우린 스트레스 없다! 더군다나 쪼매난 아가 무슨 스트레스!"

할머니가 뒤돌지 않는 것을 보니 고민하고 있는가 봐요. 나는 무슨 노래를 부를지 생각에 잠겼어요.

"하이고, 이 할매 모르네, 몰라. 아라고 스트레스가 없나! 놀지도 못하고 일찍 자지도 못하고 맨날 여 와서 새벽에야 드가는데, 이것도 다 스트레스다! 가자!"

어라? 할머니가 왼손으로 오른손을 만지작거리네요. 무언가 하고 싶거나 먹고 싶거나 갖고 싶단 신호예요. 지난번에 길거리에서 하트 모양 목걸이를 보고도 그랬고, 커다란 소가 그려진 3층짜리 식당 앞을 지날 때도 그랬어요.

그렇게 나는 처음으로 노래방이란 곳을 가게 되었어요. 그리고 정말 깜짝 놀랐답니다. 아저씨들이 중국 사람이라는 걸 알게 되었거든요. 아저씨들끼리 모여 심한 사투리로 대화할 때, 아무리 귀를 쫑긋해도 무슨 말인지 못 알아들었는데, 그게 다 중국말이기 때문이라는 걸 알게 됐어요. 노래방에 중국 노래가 그렇게나 많다는 건 두 번째로 놀라운 일이었고요.

그때부터 나는 돌봄교실 친구들의 관심을 한 몸에 받았어요. 특히 화요일마다 하는 중국어 수업 때 나는 친구들에게 부러운 존재가 되었답니다.

"워시 한구어런! 니 망마?"

내가 전날 아저씨들에게 배운 말을 하나둘 선보이면,

"우와!"

하면서 아이들이 탄성을 내질렀거든요.

"니 짜오 션머 밍쯔!"

아저씨들에게 중국어 배우는 일은 정말 재밌었어요. 내가 친구들에게 새로운 중국어를 선보일 때마다 친구들은 내게 멋지다, 최고다, 대단하다, 라고 말해줬으니까요. 심지어 주머니 속에 넣어둔 소중한 젤리를 몰래 내 손에 쥐여주는 친구도 있었답니다. 학원 가는 길에 먹어야 하는 간식인 걸 잘 알았기에, 나도 아저씨들이 준 소중한 사탕을 전해주었어요.

"어머, 너 따로 중국어 수업 받는가 보구나?"

중국어 선생님은 1년이 다 되도록 내 이름도 몰라요. 한 번도 내 이름을 불러본 적 없으니 당연하긴 하죠. 하긴 담임선생님도 가끔 내 이름을 깜빡하는데, 중국어 선생님은 충분히 그럴 수 있겠어요. 이해해요.

"아니요, 안 배워요."

할머니가 아저씨들에게 중국어 배우는 건 비밀이라고 했거든요. 할머니와 나는 비밀이 많아요. 가끔은 그 비밀들을 말하고 싶지만, 나는 할머니와의 약속은 꼭 지키는 착한 아이니까요!

"사탕이 먹고 싶을 땐 이케 말하는 거다! 워 시앙 치 탕!"

"워 시앙 치 탕!"

"잘하네, 잘해! 할매요, 아가 천잰가 벼."

"아이고, 또 시작이네, 시작이야. 중국어고 뭐고 다 필요 없다! 중국어가 밥 먹여주나!"

어제 중국어 수업 때 선생님께 칭찬받고 아이들에게 사탕 세례까지 받은 걸 할머닌 모르겠죠? 밥보다 훨씬 달콤한 사탕을 여덟 개나 받은 걸 알면, 아저씨들한테 계속 중국어를 배우게 해줄지도 몰라요.

"하이고, 이 할매 모르네, 몰라. 요즘 중국어가 완전 떠오르는 거 모르나? 아 키울라믄 세상 굴러가는 것도 좀 아소!"

"아이고, 남일 상관 말고 중국에 있는 니 자식이나 신경 써라! 그카 노래방 다닐 돈으로 한 푼이라도 더 부쳐야지! 얼마나 기다리겠어, 기다리기를!"

이마가 좁고 배가 불룩한 주방장 아저씨는 슬리퍼를 질질 끌며 냉장고 문을 열었어요. 그리고 야채통을 꺼내 뚝딱뚝딱 샌드위치를 만들어서 나에게 주었죠. 아저씨 샌드위치는 파리바게트 샌드위치보다 맛있다고 하는데, 파리바게트 샌드위치를 먹어본 적은 없지만 정말 그럴 것 같아요. 딸기잼도 안 넣었는데 달콤한 맛이 난다면 누가 믿겠어요? 아저씨는 정말 우주 최고의 요리사예요.

"아저씨 아들이 너랑 친구데. 한창 샌드위치에 빠졌다카데. 니라도 맛나게 무라."

아저씨가 샌드위치 먹는 나를 바라볼 때면, 나는 키 크고 잘생겼던 아빠 얼굴을 떠올려 봐요. 작년 크리스마스엔 아빠가 선물을 보내줬는데, 올해는 택배가 많이 밀렸는지 아직 도착하지 않았어요.

"아빠가 중국 어디 계시다 했제?"

"모르겠어요."

"상해? 북경?"

"음, 할머니! 아빠 어디 계시다고 했지?"

할머니는 아빠 얘기만 나오면 고개를 돌리고 더

빠르게 설거지를 해요. 앞치마가 많이 젖어 있는 날은 그만큼 아빠 생각을 많이 했다는 뜻이에요. 고무장갑 안쪽이 물로 흥건한 날은 정말 정말 많이 생각했다는 뜻이고요. 뒤집어서 아무리 털어도 계속 물방울이 튀는 날은, 할머니가 혼자 있고 싶다는 신호죠.

"아저씨가 당분간 아빠 하제 모. 아저씨 멋지잖애. 배도 두둑하니 매일매일 업어주고, 쭝국어도 꽁으로 갈켜주고, 어때, 할매요! 응?"

할머니는 수돗물을 세게 틀더니 청소시간도 아닌데 청소를 시작해요. 설거지통에 거품 가득 설거지가 쌓여 있는데도요. 그건 할머니가 울고 싶다는 신호예요. 그럼 우리는 조용히 나와 육교 아래 칼제비 집으로 가지요.

이마가 길고 배가 좁은 새로 온 아저씨도 이제 칼제비를 잘 먹어요. 누구든 칼제비 맛이 궁금하다면 신호를 주세요. 내가 육교 아래 그 집으로 안내할게요. ‥☆

모두모두오락실에 2시까지 가려면

'모두모두오락실'에 2시 10분까지 가려면 반드시 종소리가 끝나기 전에 뛰어야 한다. 종소리가 울린 뒤 첫발을 내딛으면 그날은 끝이다. '모두모두오락실' 문 앞을 기웃거리다 돌아서는 것만큼 부끄러운 것도 없다. 실패자, 낙오자, 바보 멍텅구리, 우리는 그런 놈들을 이렇게 부른다. 그중 으뜸은 허만후다. 허만후는 한 번도 '모두모두오락실' 안으로 들어가 본 적이 없는 영원한 낙오자다.

옆집에 사는 만후 녀석은 요즘 매일 밤마다 100미터 달리기 연습을 열 번 한다. '모두모두오락실' 의자를 차지하고 싶어서 달리기 연습을 하는 것이다. 그렇지 않고서야 앞도 안 보이는 한밤에 뚝방길 따라 미친 듯이 뜀박질을 하는 미친놈이 어디 있단 말인가. 온몸에 땀을 뻘뻘 흘리면서도 한 번도 진실을 실토한 적이 없는, 만후 녀석은 내가 제일 싫어하는 부류, 음흉한 서울 놈이다. 저렇게나 하얀 남자애는 태어나서 처음 본다.

"다이어트 중이라 그래."

할머니 심부름으로 아버지 찾으러 구판장을 갈 때면 달빛 아래에서 만후 녀석이 매일 같은 거짓말을 한다. 컴컴하다고 안 보일 줄 아나 보지? 달빛이 얼마나 밝은지도 모르는 서울 촌놈 주제에 무식한 티는 저렇게 낸다. 줄넘기를 할 때마다 출렁대는 뱃살은 얼굴보다 더 하얗다. 말도 안 된다.

"암말도 안 했는데 와카노?"

욕을 한 것도 아닌데 두 볼이 금세 벌게지는 꼴이라니. 묻지도 않았는데 다이어트 핑계부터 대는 꼬락서니가 영락없는 서울 촌놈이다. 서울 촌놈들은 다 저렇게 뒤로 반대말을 한다는 걸 내가 모를 줄 알겠지? 서울에서 왔다고 저런 식으로 잘난 척하는 녀석들이 제일 왕재수다. 포동포동한 두 손으로 줄넘기를 잡으니 손잡이도 보이지 않는다.

반쯤 열린 구판장 문 사이로 아버지의 뒷모습이 보인다. 나는 아버지의 뒷모습을 볼 때 등 뒤로 식은땀이 줄줄 흐르는 버릇이 있다. 물론 그 버릇을 아는 사람은 아무도 없지만.

"할매 짐 죽는다 캐라! 만날 술을 그렇케 퍼먹고면 농사고 농사가? 낼 아침에 참외 따니까 알아서 해라 캐라, 알았제?"

할머니가 내게 단디 일렀지만 나는 구판장 문을 한 번도 넘어본 적이 없다. 넘어야지, 넘어야지 하면서도 아버지의 뻣뻣한 뒷모습만 보면 도무지 넘을 수가 없다. '아버지!'라고 목구멍 한번 시원해지게 불러보고 싶은데 뒤돌아서 날쌘돌이 호랑이로 변신할 것만 같은 아버지를 생각하면 도저히 용기가 나지 않는 것이다. 등 뒤가 축축해지는 느낌이 들었다.

"승, 승윤아. 나랑 달리기 시합 안 할래?"

나는 하마터면 오줌을 쌀 뻔했다. 6학년 2학기를 맞이하여 팬티에 오줌을 쌀 뻔했단 말이다. 만후 녀석이다. 뒤돌아 주먹으로 아구창을 날리고 싶었지만, 먼저 뒤돌아버린 아버지 때문에 이제 나는 돌아설 수가 없다.

'아, 내는 이제 죽었다.'

고개라도 숙여야 하는데 목이 돌아가지 않아서 어쩔 수 없이 아버지 눈을 마주치고 말았다. 젠장. 할머니는 꼭 나를 이 지경으로 만든다. 직접 가서 찾아오면 되지, 할머니도 무서우면서 나처럼 작은 꼬맹이가 아버지 상대가 될 수 있나?

"너그 아부지가 아부지 사랑을 많이 못 받았데이. 아부지테 잘하레이."

그러면서도 할머니는 늘 나에게 아버지한테 잘하

라고 신신당부한다. 그건 아버지도 마찬가지다. 구판장 입구에서부터 술 냄새가 풍긴다는 건, 아버지가 걸어오고 있다는 뜻이기도 하다. 그런 날이면 아버지 잔소리를 백만 번쯤 들어야 한다.

"너그 할매테 잘하레이. 특히 너는 할매가 다 키웠데이. 할매가 곧 엄마레이."

칫, 할머니면 할머니지 할머니가 무슨 엄마람? 나는 밖으로는 내뱉지 못한 채 입 속에 그 말을 우물거렸다. 자칫 잘못하다가 입 밖으로 뻥긋하기라도 하면 아버지 잔소리가 두 배로 늘어날지도 모를 일이었다.

'아, 모두모두오락실이라면 내가 백 번 천 번은 쓰러뜨릴 자신 있는데!'

안타깝게도 여기는 구판장이다. 마을 이장인 아버지만 오면 안에 있던 모든 사람들이 일어나 넙죽넙죽 고개를 수그리는 곳, 그럼 아버지 몸 주위에 동그랗게 파워게이지가 충전되어 아버지 주변이 텅 비게 되는 곳, 아버지가 의자에 앉아 식탁을 탁 치면 김치와 막걸리가 뚝딱 생겨나는 곳, 이곳은 태초에 아버지가 직접 만든 아버지의 구판장이 아니던가!

어라? 근데 오늘은 계란말이도 있다. 내가 세상에

서 가장 좋아하는 계란말이다. 아, 먹고 싶다, 라는 말이 나오려던 찰나,

"우리 아들 아이가? 아이스께끼 하나 고르고, 니 친구도 하나 무라케라."

우리 아들? 나는 내 귀를 의심했다. 그리고 곧바로 나는 내 두 눈을 의심해야 했다. 아버지는 울고 있었다.

내일은 무슨 일이 있어도 모두모두오락실에 2시에 도착해야만 한다. 그래야만 새 오락기를 차지할수 있다. 2시 10분으로는 어림도 없다!

'종소리 끝나기 전에 뛰어도 2시에 도착할까 말까인데 무슨 수로 10분을 앞당긴담?'

내일 오후 2시에 일어날 일인데, 나는 오늘 아침부터 10분, 오로지 10분 생각뿐이다. 담임이 설교를한 마디만 더 해도 내일은 그냥 망하는 건데, 과연우리 담임이 안 그럴 수 있을까?

"너그들, 수상하데이~ 너그들 또 오락실 뛰갈라꼬 궁뎅이 바짝 들고 있는 기가? 와? 오늘내일 새오락기라도 들어온다 카나?"

우리 담임은 역시 귀신이 분명하다. 남자 선생님이 단발머리한 모양을 보고 모두가 수군댈 때, 재영

이가 분명 '귀신이네'라고 말하는 걸 내가 직접 들었다. 산 증인이다. 재영이 엄마는 이 동네에서 제일 용하다는 무당한테 직접 신내림을 받았으니 재영이 말이라면 담임은 귀신이 확실하다. 재영이 엄마가 커다란 칼 위에서 발바닥에 피 한 방울 안 흘리고 춤을 추는 걸 내가 보았다. 동네 어린이들은 절대 오면 안 된다길래 따라갔는데, 칼춤 추는 모습에 그만 아버지 트럭 위에다 오줌을 지리고 말았다. 다행히 아버지에게 들키지는 않았다.

"승, 승윤아. 내일은 나도 꼭 그 오락실 들어가고 싶은데, 어, 어제 내가 너네 아버지한테 아이스크림 얻어먹었잖아. 그, 그거, 내가 갚으려고... 오늘 내가 아, 아이스크림 사줄게."

나는 만후 녀석 손바닥을 보고 놀라 자빠질 뻔했다. 백 킬로그램은 되어 보이는 녀석 손이 순두부처럼 새하얗게 빛나는 게 아닌가. 순두부 주름 속에서 깨끗한 오백 원짜리 두 개가 나를 유혹하는 게 아닌가.

"고작 이거가? 니 내랑 장난하나?"

내가 너무 세게 나갔나, 그거라도 받을 걸 바로 후회가 되었다.

"아, 그, 그래? 내가 이 동네 아, 아이스크림 가격을, 잘 몰라서. 미, 미안. 오천 원이면 살 수 있어? 다음에 갖다줄게."

오, 오천 원? 이 자식이 서울 촌놈이라고 지금 나를 무시하고 거짓부렁을 하는가! 오천 원은 지금까지 명절 때 아니면 받아본 역사가 없는 돈이다. 내가 천 원을 타내기 위해 아버지에게 얼마나 많은 딱밤을 맞아가며 참외를 땄던가! 이마가 참외 배꼽만큼 튀어나오고서야 겨우 천 원을 받아 책 사이에 끼워두었는데, 뭐? 오천 원?

"니, 내가 누군지 아나? 내가 성산 이씨 37대손 5대 독자 아이가. 우리 아버지 알제? 구판장이며 노인정이며 다 우리 아버지가 지었데이. 니 그케 거짓말하면 뒤진데이."

순두부처럼 포슬포슬한 허만후의 손바닥 안에 오백 원짜리 동전 두 개가 반짝반짝 빛을 내며 놓여 있었다.

"나는 거짓말 안 해. 나머지는 다음에 줄게. 우선 자, 여기."

허만후가 말을 더듬지 않고 이렇게 또박또박 말하는 것은 처음이다. 허만후가 덩치 좋고 의젓하게 보이는 것 역시 처음이다.

"니 그카면 오늘 내랑 작전 짜는 기다. 한 팀이다

아이가. 절대 비밀이데이. 서울 촌놈들 입 나불거린다 카든데 니는 오백 원이 두 개나 있으니, 아니제?"

"당연하지. 나는 약속은 꼭 지켜. 정말이야."

"내 첨으로 서울 촌놈이랑 한 팀 하는 기다. 니는 억수로 운 좋은 줄 알레이."

"알았어. 나는 약속은 꼭 지켜."

"알았데이. 몇 번 말하노?"

허만후. 그리고 보니 부르기도 쉽고 외우기도 쉬운 이름이다. 나는 반에서 1번인데 만후는 26번으로 제일 크다. 서울 빼돼지라고 놀렸었지만 실은 나도 뒷줄에 앉고 싶었다. 맨 첫 번호와 맨 끝 번호가 만났으니 뭔가 굉장한 팀이 될 것 같다.

'10분, 10분을 어떻게 앞당기지?'

바닥을 보고 걷다 넘어지기라도 하면 새로 산 연필이 죄다 부서질 텐데, 내 머릿속은 온통 10분뿐이다. 오늘 내가 특별히 허만후 자리를 맡아주느라 재영이 자식이랑 싸울 뻔했는데, 허만후가 스트리트파이터에서 2등을 하는 바람에 싸우지 못했다. 한 번도 자르지 않은 두툼한 순두부 덩어리 같은 그 손이 그렇게나 부드럽고 정확히 움직일 줄은, 모두모두오락실 안에 있는 사람 모두가 몰랐을 것이다. 허만후

의 손놀림 때문에 넋이 나가 자기 오락에 집중을 못
해 돈만 날린 애들이 오늘 수두룩 빽빽이었다.

물론 오늘의 1등은 나다. 나는 한 번도 1위 자리
를 다른 녀석에게 내준 적이 없다. 허만후의 살찐
나비 같은 손가락을 본 순간 가슴이 잠시 철렁했던
건 인정한다. 하지만 우리는 이제 한 팀이니까 괜찮
다. 허만후는 거짓말을 안 하고 약속을 잘 지킨댔으
니 괜찮다.

"너그들 조만간 쫑난데이."

만년 2위 재영이 자식이 조용히 못 지나가고 한
마디 내뱉는데 아구창을 날리려다 참았다. 내일 2시
까지 어떻게 모두모두오락실에 갈 것인지에 대한 작
전을 아직 마무리 짓지 못했기 때문이다. 참외 따기
인생 13년차 이승윤과 뚱뚱한 나비 같은 손놀림의
소유자 허만후의 조합이라면 아무리 처음 만난 오
락기라도 1등은 따놓은 당상인데 말이다.

"할매요!"

그래, 이럴 땐 모르는 게 없는 우리 할매가 최고
다. 할매라면 동전도 쥐여줄지도 모른다.

"할매요, 또 어데 갔는 겨?"

나는 마루에 걸터앉아 무릎걸음으로 주방 문을
열어젖혔다. 아무도 없었다. 마루에는 집에 있는 보

자기란 보자기는 모두 다 꺼내져서는 보따리가 되어 놓여 있었다. 하나, 둘, 셋……. 열 개도 훨씬 넘었다. 변기 물 내리는 소리가 나더니 할머니가 화장실에서 나왔다.

"할매요, 이기 뭐꼬?

"보따리 첨 보나?"

"그니깐 무슨 보따리가 이래 많노? 할매 어데 가나?"

할머니는 평소와 다르게 말이 없었다. 평상시라면 내가 한 마디만 해도 열 마디를 내뱉는 편인데, 할머니는 궁둥이만 삐죽 내민 채로 보따리의 끈만 더 꽉 조였다.

"어데 가는데?"

"서울 간다."

"푸하핫, 뭐라카노? 서울? 할매 서울이 어덴지 아나?"

할머니는 수북한 짐들을 하나씩 어루만지더니 천천히 뒤돌아 나에게 두유를 건넸다. 나는 웃음을 멈추고 할머니를 바라보았다.

"아부지한테 잘하레이. 서울 가면 니밖에 없다 아이가."

"왜 나밖에 없노? 할매도 있는데."

할머니가 두유를 건네줄 때는 무언가 할 말이 있다는 뜻이다. 나는 순간 가슴이 철렁 내려앉았다.

"내는 안 간다. 내는 여가 편타."

할머니 눈은 며칠 전 구판장에서 나에게 다정하게 아이스크림을 사주던 아버지 눈과 닮았다.

"무지개빌라트란다. 서울은 이름도 고급지지 않나?"

"그게 뭐꼬? 한 개도 안 고급지다!"

할머니한테 잘하라고 신신당부하던 아버지는 구판장에서 돌아올 생각을 안 했다.

'너그들 조만간 쫑난데이.'

아까 오락실에서 만년 2위 재영이가 했던 말이 생각났고, 재영이 엄마가 칼춤 추던 모습이 생각났다. 바지가 축축해지더니 조금 뒤에 양말이 젖었다. 그날 아버지 트럭 위에서 오줌을 쌌던 것처럼, 나는 6학년 2학기를 맞이하야 팬티에 오줌을 싼 것이다. 재영이 녀석이 옆에 있었으면 오줌을 싸는 대신 녀석의 아구창을 날렸을 텐데!

"근데 할매요."

"와?"

나는 축축한 바지를 만지작거리면서도 새로 나온 게임에 대해 생각했다. 만후 녀석과 힘을 합치면 왕이 되어 뭐든 할 수 있을지도 모르지. 그러면 만후 녀석도 할머니도 아버지도, 모두 지킬 수 있을지도!

"모두모두오락실에 2시까지 가려면 어카노?"

나는 거짓말을 안 한다고, 나는 약속을 잘 지킨다고 몇 번이나 얘기했던 만후가 생각났다. 우리는 한 팀이고, 내일 무슨 일이 있어도 모두모두오락실에 2시까지 가야만 한다.

"어카긴? 냅다 뛰라!"

역시 우리 할머니다. 이제 남은 목표는 단 하나, 무슨 수를 쓰든 내일 2시까지 모두모두오락실에 가야만 한다. 아무래도 오늘 밤 만후와 뚝방길 아래에서 함께 작전을 짜야겠다. ‥☆

작가의 말

우리 할머니는 아주 유명한 분이십니다. 언론에 수없이 등장한 '열일곱에 홀로 피난 온' 바로 그 북한 소녀 중 한 명입니다. 막냇동생 손을 잡고 부지런히 걷던 중, 막냇동생은 군인의 총에 맞아 즉사하고 열일곱 소녀는 혼자가 되었습니다.

우여곡절 끝에 김포에 터전을 잡고, 키 크고 잘생긴 남한 청년을 만나 결혼하여 가정을 꾸렸습니다. 모서리가 깨진 기와집에 아내와 세 아이를 남겨둔 채, 남한 청년은 혼자 하늘로 떠났습니다.

그때부터 우리 할머니는 까막눈인 채로 보험왕이 되고, 유명 화장품 회사의 판매왕이 됩니다. 세 아이들이 모두 가정을 꾸리고 나서야 왕의 지위를 내려놓고 감자를 캤고, 틈틈이 한글을 써나갔지요. 그 무렵 손녀와 아침저녁으로 쪽지를 주고받은 것이 한글 깨치기의 첫걸음이었다고 하네요.

그렇게 하여 태어나서 학교 한 번 제대로 다녀보지 못한 할머니가 노인대학을 졸업하셨습니다. 손녀는 당시 글쓰기를 몹시 좋아했고, 할머니는 일흔이 었습니다.

이제 그 손녀는 초등학생 자녀를 둘이나 둔 엄마가 되었습니다. 작가도 되었습니다. 초등학생 자녀들에게 아침저녁으로 쪽지를 써서 한글을 깨우치게 했다는 소문이 있네요. 할머니는 작년에는 아흔다섯이라고 하셨는데, 올해는 여든여덟이라 하시니, 어쩌면 내년에는 칠순잔치를 하실지도 모르겠습니다.

우리 할머니는 아주 유명한 분이십니다. 언론에 수없이 등장한 '열일곱에 홀로 피난 온' 바로 그 북한 소녀인 데다가, 모 보험사의 보험왕이었고 유명 화장품 회사의 판매왕이었으니까요. 당시 손녀에게 할머니는 천하무적, 위풍당당, 스치기만 해도 불꽃이 튀던 아주 굉장한 분이셨습니다.

하지만 아무도 우리 할머니 이름을 모릅니다. 그렇게 앞만 보며 100년 남짓을 쉬지 않고 달려왔는데, 아무도 우리 할머니 이름을 모릅니다. 할머니의 첫 번째 며느리도 이제 할머니가 되었고, 당시 할머니와 쪽지를 주고받던 손녀도 할머니가 될 자신의 모습을 상상합니다. 누군가에게는 아주 유명하고 몹시도 굉장한 사람들이겠지만, 앞으로도 영원히 우리는 그들의 이름을 모를 테지요.

소설 속에서라도 그들의 이름이 주인공으로 빛날수 있었으면 좋겠습니다. 그런 마음으로 썼습니다.